DISGYN I'W LLE

Harri Pritchard Jones

Gomer

Cyhoeddwyd yn 2014 gan
Wasg Gomer, Llandysul, Ceredigion SA44 4JL
www.gomer.co.uk

ISBN 978 1 84851 813 1
ISBN 978 1 84851 891 9 (ePUB)
ISBN 978 1 84851 895 7 (Kindle)

Cyhoeddir gyda chymorth ariannol
Cyngor Llyfrau Cymru.

Argraffwyd a rhwymwyd yng Nghymru gan
Wasg Gomer, Llandysul, Ceredigion.

I fy wyrion:
Cal, Ben, Amelia a Beca.

I fy wyrion:
Cal, Ben, Amelia a Beca.

Diolch i Wasg Gomer, ac yn arbennig Mair Rees, am eu gofal a'u dealltwriaeth wrth baratoi'r gwaith i'w gyhoeddi. Ac i holl staff rhyfeddol y Gwasanaeth Iechyd am gadw'r hen gorffyn yma i fynd dros y blynyddoedd diwethaf – hyd yn oed at fedru sgwennu nofelig!

1. Dryswch

Yn raddol mae wyneb dieithr yn ymwthio, fel y lluniau y byddwn yn eu datblygu yn fy ystafell dywyll fechan yn yr atig pan oeddwn yn hogyn. Rhaid mai breuddwydio yr wyf. Wyneb merch, tua phymtheg ar hugain, yn addfwyn, yn bryderus – a mymryn ar gam ... 'mowldio gwael adeg ei geni', genedigaeth chydig yn anodd ...

Caeaf fy llygaid eto. Mae'r peth yn wyrthiol, yn tydy? Yr Athro obstetreg yn sefyll o'n blaenau ni ers talwm efo hen hosan gul roedd o wedi torri blaen ei throed hi i ffwrdd. Yn graddol wthio'i ddwrn drwyddi, gan ei hehangu a'i byrhau, ei difodi fel hosan a'i throi'n gylch rhyfeddol o lydan, a'r dwrn yn dŵad drwyddo:

'Dyna sut mae ceg y groth yn cael ei hehangu o fod yn dwll bach i fod â digon o le i ben baban ddod trwyddi. Yn tydy'r peth yn wyrthiol!'

Distawrwydd llethol ... Gwyll ... Ambell oleuni bach – sêr, hwyrach, neu olau'r twymydd dŵr ar y landing yn adlewyrchu yn y drych. Ddim yn oer, er nad oes crys nos amdana i am ryw reswm. Ydy hi'n haf? Go brin, neu dwi wedi drysu! Mi wnes i freuddwydio am ryw ddynes ... ac am y ddarlith honno yn yr hen ystafell lwyd. Beth bynnag, yn ôl i fyd breuddwydion ...

'Run peth eto: deffro a hithau'n dal yn nos, a dim cloc na dim i ddeud faint o'r gloch ydy hi. Teimlad rhyfedda – ar yr hen gloc mawr mae'r bai, wedi rhoi'r gorau i daro, nogio ar ôl mynd yn iawn am flynyddoedd lawer – pawb a phopeth yn dŵad i ben rywbryd. A finna'n dibynnu ar glociau ar y waliau gan nad ydy oriawr yn gweithio ar 'y mraich i. Digon o glociau mewn ysbyty fel arfer ... Ond mae 'na ryw sŵn bach yn rhywle, dwi'n meddwl; dwi'm yn siŵr. Rhyw fath o dician?

Hel meddyliau mewn gwagle a thywyllwch, o beidio agor fy ll'gada. Y synhwyrau'n effro i sŵn a golwg pethau – petai modd gweld neu glywed rhywbeth. ... Cofio fy llofft fach yn nhŷ Taid a Nain yng Nghaernarfon, a chyrraedd yno'n hogyn bach wedi gadael yr hen ddinas fawr hyll yna yn hwyr ar bnawn Gwener. Cael fy rhoi yn y gwely heb ddeffro. Dihuno'r bore wedyn i sŵn carnau ceffyl y dyn llefrith, fel y sylweddolais ar ôl rhuthro i agor y llenni i weld ei ryfeddod. A dyrchafu'n ll'gada wedyn i weld yr holl fynyddoedd anferth yna. Eisiau aros efo Taid a Nain yng Nghaernarfon am byth, byth, heb y mwg a'r niwl sy'n hollbresennol ym Mirmingham, a chael siarad Cymraeg o hyd. Mynd efo Taid bob dydd i Borth Waterloo i weld y cychod hwylio'n mynd heibio, a Pharc Eryri i weld yr elyrch a thaflu bara iddyn nhw – a pheidio gorfod mynd drwy'r Nant Ffrancon dywyll, frawychus yna ar fy ffordd yn ôl i Loegr ar nos Sul.

Mae 'na sŵn, yn bendant. Cyson, tawel; clywad 'y nghalon dwi, reit siŵr, fel mae rhywun sy 'di blino gormod, a'r nerfa'n rhy dynn i fedru cysgu. Wedi blino'n gyffredinol yn ddiweddar, mae hynny'n wir. Gwthio fy hun ormod, medda Elin, a gwrthod gadael i'r pethau ifanc gario mwy o'r baich. Ond un gwael fuo fi erioed am ildio i bobl eraill. Ac o ran fy natur, dwi'n mynnu gwneud pethau a dŵad i ben â nhw gynted â phosib er mwyn eu cael nhw allan o'r ffordd. Rhyw fath o niwrosis, mae'n debyg. 'Mi gei di bwl ryw ddiwrnod, Alwyn. Ac wedyn fydd hi'n rhy hwyr.' Roedd Elin yn troi i ffwrdd bob tro, i guddio'i dagrau gwyllt …

Mae 'na ryw wawl cochlas yma hefyd … a rhywbeth yn sownd wrth fy mrest i … Hen beth clust y radio, gwrando yn y nos yn lle cysgu; methu cysgu weithiau, hyd yn oed ar ôl llond bol o win. Lle mae Elin? 'Di mynd am bisiad, debyg. Yn ôl i bendwmpian … *perchance to dream*! Ond nid yr hen freuddwydion hurt, diweddar 'ma, gobeithio. Taid a Nain y ddwy ochr, wedi'u cymysgu'n amhriodol weithiau, Caernarfon a Dwygyfylchi ac Iwerddon yn driphlith draphlith, bwyta a dawnsio a'r petha rhyfedda …

Cloc Elin ydy o, mwy o wawl arno fo nag o'n i'n meddwl; fel y clociau 'na oedd yn cofnodi curiadau calon Mam a gwefrau ei 'mennydd hi ar ôl iddi gael y wasgfa honno. Finna heb fod yn ddeuddeg oed, ac yn gofyn iddi be oeddwn i i fod i'w wisgo i'r ysgol pan waeddodd hi enw Dad. Ei phaned de yn ei llaw, a hithau'n ei dal i fyny wrth suddo'n llipa fel sach flawd, cyn dechrau crynu i gyd ac ewynnu o'i cheg, a 'nhad yn syfrdan ac yn llamu am y baned cyn cofleidio Mam. Hithau'n dal i gyffylsio am funudau a finna'n meddwl ei bod hi'n marw. Nhad yn trio rhoi llaw imi hefyd, a dal ei phen hi. Wedyn mi aeth hi'n llonydd a thawel, ond roedd hi'n fyw …

Pawb – y meddyg a 'nhad a Taid yn sôn am epilepsi, ond roedd yn rhaid iddi fynd i'r ysbyty i gael profion. Finna'n cael mynd i'w gweld hi ddwywaith yn y cyfnod cyntaf yna, a'r gwifrau 'na a'r clociau oedd yn ddieithr imi bryd hynny yn dangos sut roedd ei chalon a'i hymennydd hi'n gweithio. Mi drïodd hi chwerthin ar fy syndod i, a rhoi magad imi. Hwyrach mai ar un o'r ymweliadau yna y dechreuais i feddwl bod rhaid imi fynd yn feddyg wedi'r cwbl. Mi ddeudais i hyn'na wrth y gweinidog hwnnw, o gofio.

Ond fuo hi byth yr un fath ar ôl hynny.

'Golau arall yw tywyllwch.' Weithiau roeddwn i'n cadw'n ll'gada ar gau yn dynn, hyd yn oed os oeddwn i wedi deffro yn nhŷ Taid a Nain, er mwyn cael gweld y cart a cheffyl yn fy nychymyg. Rhyddid rhyfedd cael bod mor llonydd rŵan, ar fy nghefn fel'ma, a medru mynd ar awyren fy nychymyg – nid trên! – i unrhyw le ac i unrhyw gyfnod: Llywelyn ein Llyw

Olaf, Iesu Grist … Charlie Chaplin, John Elias o Fôn. Nhad – ? … A Mam, Taid a Nain Caernarfon a Nana 'Werddon!

Fel hyn roedd 'nhad yn deud roedd hi weithiau yn y ffosydd yn y Rhyfel Mawr – distawrwydd ingol wrth ddisgwyl sŵn ergyd magnel, a'r disgwyl wedyn i weld a gâi rhywun – neu rywrai, neu chi'ch hun – ei niweidio neu ei ladd, a chymysgedd o ryddhad ac arswyd wrth wybod na chawsoch chi mohoni'r tro yna eto a bron â dymuno i rywun arall ei chael hi. Rhywrai allan fan 'na'n siŵr o fod angen eu nôl ar y stretsier – yn eich cwman yn trio rhedeg heb roi gormod o olwg arnoch chi i'r gelyn … a hwyrach na fydd dim byd i'w wneud i'r trueiniaid wedyn. Dim rhyfeddod iddo fagu'r fath barch arswydus at feddygaeth. Ond tawedog iawn oedd o fel arfer am y rhyfela ei hun.

Goleuni! Mae'n fore. Ond pwy dy hwn … ?

'Bore da, Alwyn. Siwd mae pethe'r bore 'ma? Wedi llwyddo i gysgu dipyn?'

'Dewi! Lle ydw i, Dewi?'

'Wel, Uned Gofal Dwys eich ysbyty'ch hun! Dych chi ddim yn nabod y lle? Fe ruthrais i mewn pan glywais i.'

'Be ddigwyddodd? Pwl? Damwain? Be?'

'Dy'n ni ddim yn hollol sicr eto, ond beth bynnag oedd e dych chi wedi dod trwyddi'n rhyfedd o dda. Ddim yn strôc, yn bendant.'

'Diolch am hynny. Ond y galon …? Fath â 'nhad?'

'Gawn ni weld. Gorffwys sydd eisiau rŵan.'

Y chwaer nyrsio oedd efo fo oedd yr un a welais i megis mewn breuddwyd, a'i hwyneb fymryd yn gam. Gwenodd yn annwyl arnaf.

'Fydda i nôl mewn chwinciad, Dr Davies, i dwtio'r gwely.'

Wel, wel. Dwi wedi bod ofn cael pwl ar y galon – fel 'nhad … Ond chafodd o ddim gofal dwys ysbyty, druan. Gollais i o cyn llwyddo i'w ddallt o a medru trio closio ato fo …

Bywyd yn medru bod mor ddyrys. Dwi'n dechrau pendwmpian eto …

Be ddwedai 'nhad, tybed? Bod meddygaeth wedi achub fy mywyd i. Meddygaeth, meddygaeth. Mi gafodd o ei ffordd: dwi 'di bod yn y proffesiwn ers dros ddeng mlynedd ar hugain, a hynny ar fy ngwaethaf, i ddechrau o leiaf, nes imi ildio i'r drefn a gwireddu'i uchelgais o … Amser i edrych yn ôl, a gweld nawr, fel dwedodd y bardd. Pan dwi'n aros ac ystyried, mae hi'n dal yn anodd maddau iddo, ond mae hi'n rhy hwyr bellach. A fonta'n fud ...

Ei gofio fo'n fud ambell dro pan oedd o'n fyw – am ryw bum munud un tro, fel tasa fo mewn breuddwyd. Roedden ni'n cloddio'r lloches bomiau ym mhen draw'r ardd. Awyrennau Hitler wedi bod drosodd ar eu ffordd i faes awyr yr Americanwyr yn y Fali. Drewdod llaith, a mwd dros esgidiau Dad a'n welingtons inna. Roedd y twll yn anferth, a chwys yn diferu o'i dalcen o. Y pridd wedi'i osod o boptu'r twll hirsgwar, fel cloddio bedd – medda fo gan drio bod yn wamal. A slipers rheilffordd a darnau o haearn rhychiog yn barod i ddal to pridd ar ben y cwbl. Mi wnâi ffau wych i Ned a finna! Finna'n trio helpu i lusgo'r slipers i'w rhoi ar y to, cyn eu gorchuddio efo'r pridd. Dyna pryd fuo fi'n ddigon eofn i holi unwaith eto am ei atgofion rhyfel. Roeddwn i wedi methu cael ymateb go iawn bob tro arall, ond gan ei bod hi'n rhyfel eto bellach ... Sut oedd hwn yn mynd i fod yn wahanol i'r un Mawr, dros ugain mlynedd yn ôl? Ond ddwedodd o ddim byd, dim ond cynnig rhyw wên fach egwan, a deud rhywbeth am lowyr y de yn giamstars ar greu ffosydd fel hyn – a ffosydd ddeudodd o.

2. Listio

Mae'r llaid 'ma yn yr ardd yn dŵad â'r holl beth yn ôl. A'r slipers a'r darnau haearn 'na fel y tro cynta. Hogia'r de yn codi styllod i greu ffosydd inni fyw ynddyn nhw – byw, myn uffar i!

Be ddaeth drosta i? Fedrwn i fod wedi mynd yn was ffarm i Nain a fyddai'r awdurdodau ddim yn disgwyl imi listio. Tyfu bwyd i'r hogiau. Yn lle hynny, dagrau a checru, a mynd i'r ysgol i ganu'n iach, a'r plantos yn methu dallt mod i'n eu gadael nhw – heblaw am Sioni Lewys, oedd yn gorfoleddu mod i'n mynd i fod yn soldiwr a gwisgo lifrai a chario gwn – a bidog. ... Ac un athrawes ifanc, ddel yn crio'n dawel ...

Cyrraedd Llandrindod i ddechrau dysgu drilio ac ati. Dysgu martsio a dysgu ufuddhau – i fochyn o swyddog o Sais o ochrau Lerpwl ... Dysgu rhannu, wrth orfod cyd-fyw mewn barics – ond pawb yn Gymry glân, – ar wahân i'r ceiliog o uwch-ringyll anwaraidd yna.

Mor enbyd o wahanol i fywyd efo Nain a Dewyth Moi. Pero a fo'n mynd â fi i hel y defaid oddi ar y llethrau – godidowgrwydd Eryri o 'nghwmpas a'r Wyddfa fel cawres. Rŵan dwi'n cofio'r tawelwch ar wahân i ambell fref a chyfarthiad, sŵn y nant ym mhen pellaf Cae Wal, ac ambell fforddolyn o gwmpas weithiau. Dim byd aflan nac anghynnes na gwachul, ar wahân i'r tro hwnnw pan fues i mor ffôl ag yfed o'r cafn pan oedd hi'n llethol o boeth, a dal teiffoid yn ôl Dr Morgan – y tro cyntaf imi ymwneud â meddyg. Dyn clên, ond braidd yn hunanbwysig. Pam, o pam, y bues i mor ffôl â gadael y fath baradwys …?

Cysgod yr Wyddfa ym mhob ystyr … Nain, druan, yn eglwyswraig i'r carn, yn darllen yr Herald o glawr i glawr, ac yn casáu rhai o'r anghydffurfwyr gwyllt oedd yna yn torri giatiau ac ati, ond yn ffieiddio hefyd at y syniad ohona i mewn lifrai milwrol. Er bod hi'n maddau popeth imi yn y diwedd!

'If you broke your mother's heart, you won't bludy well break mine!'

Llond lle ohonon ni yn hogiau Cymraeg parchus, er mai fi oedd yr unig eglwyswr. Nifer o'r lleill yn osio at y weinidogaeth. Y llabwst anghynnes oedd yn ein drilio ni yn mynd yn fwy gwarthus ei iaith a'i ymarweddiad bob dydd, ac yn trio'n gwahardd ni rhag siarad Cymraeg.

Yna'r sioc anhygoel o gael fy ngwysio ato fo i gael fy nyrchafu'n gorporal, a chael y defnydd o ryw fath o gongl swyddfa yn y pencadlys. Pam fi? Duw a ŵyr, ond mi fues i'n ddigon llwfr i'w dderbyn, yn lle cael fy

*ngorfodi i'w gymryd. Hwyrach mod i'n ddigon gwirion
i feddwl y medrwn i gael rhywfaint o ddylanwad arno
fo. O-o-o, druan ohona i. Roedd o'n rhefru byth a
beunydd wrtha i nad ydy o'n derbyn ein bod ni eisiau
gweithio'n ddyngarol yng nghanol yr holl drybestod
dieflig yma. Does gynno fo fawr i'w ddweud wrth
bobol sy isio gweithio efo'r RAMC. Dwi'm yn meddwl
iddo fo fod ar gyfyl eglwys na chapel erioed – cyn iddo
fo ymuno â'r fyddin. Ond mae'n werth ei weld o ar*
Church Parade! *Hwyrach y medra i ddylanwadu ar
rywun mewn awdurdod, os daw yna gyfle.*

3. 'Nhad

Er gwaethaf popeth, fel dwi'n gorfod atgoffa fy hun o hyd ac o hyd, roedd 'nhad yn ddyn annwyl! Petai o wedi cael byw yn hirach, hwyrach y buaswn i wedi medru cymodi'n go iawn efo fo, er gwaethaf popeth. Roedd o'r addfwynaf o blith dynion er fy holl drafferthion efo fo. Wedi cael bywyd mor rhyfeddol. Joseff Davies o Lanrug wrth droed yr Wyddfa, yn canfod ei hun yn bedair ar bymtheg oed mewn ffosydd ar wastadeddau Ffrainc. Yn y ffosydd ac mewn lifrai ond yn gwrthod cludo arfau – a fonta'n eglwyswr! – 'Hil bradwyr y chwarelwyr adeg y Streic Fawr.' Dyn cymhleth – fel pob un arall erioed. Nhad, lle rwyt ti rŵan? Yn yr hen ffosydd 'na; fedret ti ddim deud dim byd pendant amdanyn nhw, dim ond awgrymu'n gynnil, a chroen dy dalcen yn tynhau a'th anadl yn cyflymu … dy ll'gada'n rhythu i'r pellter – yn gweld hwyrach; yn ail-fyw …

4. Heddychwyr

'Dewch i mewn.' Pwy sy'n debyg o alw arna i yn y cwt bach 'ma? Go brin ei fod O yn mynd i guro ar fy nrws i! Dim byd o'i le gartref, gobeithio.

'Corporal.'

'Corporal wir, Lewis. Joseff … Jos. Stedda.'

'Wel, er gwell, er gwaeth, rwyt ti wedi dy ddyrchafu uwchben gwehilion fel fi!'

'Wyt ti'n gwybod pam, Lewis – neu pam yn fy nhyb i?'

'Na, dweda.'

'Am mod i'n aelod o Eglwys Loegr, a chditha'n perthyn i enwadau na chlywodd o rioed amdanyn nhw. Felly, mae'n teimlo'n saffach efo fi na chi oherwydd hynny. Dyna'r syniad sy' di nharo i.'

'Ti'n coelio hynny? Hwyrach dy fod ti'n iawn … Wyt ti'n heddychwr? Dwi ddim yn gwybod fawr amdanat ti, ond fod gen ti wreiddiau yn ardal Llanberis a'r Felinheli.'

''Sgin i'm awgrym o reswm arall pam ges i 'nyrchafu ar wahân i'r eglwys – achos, cofia, mae o'n fy nirmygu i fel chitha am wrthod cwffio. A synnwn i daten na chawn ni dalu am hynny drwy gael ein gyrru *i rywle go beryglus … Ond, do, dwi wastad wedi casáu lladd a thrais.'*

'Rwyt ti'n un ohonon ni o safbwynt heddychiaeth felly. Hyd yn oed os wyt ti'n aelod o Eglwys Loegr. Mae nifer ohonon ni, fel y gwyddost ti, â'u bryd ar fynd i'r weinidogaeth anghydffurfiol. O leia dwsin ohonon ni. Mae hi'n medru ymddangos yn od, mae'n debyg, fod aelod o'r Eglwys Wladol yn gwrthod cludo arfau dros ei frenin. Rwyt ti'n dipyn o rara avis efo ni. Be ydy agwedd dy deulu di?'

'Mae 'mrawd, Moi wedi ymuno â chatrawd y Ffiwsilwyr, ac eisoes yn Ffrainc, druan. Cofia, Lewis, fues i dipyn o rebel erioed: pan fyddwn i efo'r teulu yn y Felinheli mi fydden nhw'n mynd ar fore Sul i'r llan, i wasanaeth Saesneg; doedd yna ddim gwasanaeth Cymraeg yno, a hithau'n brif eglwys y plwyf. Ro'n i'n mynnu mynd ar fy mhen fy hun a cherdded dwy filltir i gyrraedd eglwys efo gwasanaeth Cymraeg!'

'Chwarae teg iti. Fuost ti'n ystyried mynd i'r offeiriadaeth o gwbl?'

'Ddim o gwbl. Eisiau bod yn athro oeddwn i, ac wedi dechrau fel disgybl-athro ers blwyddyn a hanner.'

'Pam listio felly, Jos?'

'Fedra i ofyn yr un peth i chitha. Gwallgofrwydd o ryw fath am wn i, neu gachgïaeth am fod pobl yn gas wrtha i am aros adre, pobl gyffredin, a'n ffrindia i oedd am gwffio dros ein gwlad a'n brenin fel y mae'r hen Williams Brynsiencyn yn ei bregethu. Dwi 'di dysgu cofio nad Prydain ydy 'ngwlad i, a does gen i ddim brenin ond y Brenin Mawr! Mae dŵad yma wedi gwneud imi deimlo mor hollol estron ydy'r Saeson i ni. Dwi erioed wedi gorfod ymgodymu â chymaint o Saesneg.'

'Dallt yn iawn. Fel'na 'dan ni i gyd yn teimlo. Ond nid oherwydd hynny wnest ti wrthod cario arfau, 'naci? Beth am yr heddychiaeth? O ble daeth honno?'

'Dwi'm yn siŵr. Cymryd y Deg Gorchymyn yn llythrennol. Cymryd Duw ar ei air. Ti'n gwybod, mae lladd y mochyn druan yn troi arna i, yn hunllef am wythnosau wedi iddo ddigwydd ar ffarm Nain. Ac mae'r syniad o wthio bidog i ymysgaroedd dyn byw yn aflendid llwyr i mi – heb sôn am fod yn bechadurus. Ar y llaw arall, dwi'n arswydo wrth feddwl am feddygon yn ymdrybaeddu mewn gwaed ac ati wrth drin y milwyr sy'n cael eu clwyfo. Ond dwi'n gwybod bod y rhan fwyaf o 'nghyd-eglwyswyr yn credu mewn rhyfel cyfiawn – rhywbeth dwi'm yn ei ddallt o gwbl. O be dwi'n dallt, tydy'r Almaenwyr ddim yn bobol ddieflig, dim ond bod y penaethiaid eisiau rhyfela er mwyn ennill mwy o rym ac ati. Weithiau, wedyn, dwi'n meddwl mod i'n dallt ambell offeiriad sy'n trio esbonio egwyddor y lleia o ddau ddrwg i mi, ond dwi'm eisiau arddel unrhyw ddrwg – Gwyn fyd y tangnefeddwyr, ynte.'

'Ia wir. Dwi inna ddim yn siŵr be dwi'n neud yn y lifrai 'ma. Coelio pobl fel y Brynsiencyn 'na a Lloyd George y byddai yna Fyddin Gymreig yn lluoedd Prydain, a gweld rhyw ychydig o oleuni wrth gael ymuno heb arfau a gwneud gwaith dyngarol. Ond falla mai twyllo'n hunain rydan ni. Be ti'n feddwl?'

'Ia. Mi rown i'r byd am gael mynd adre rŵan ac yn ôl at y plant yn yr ysgol fach 'na. Yn lle hynny, dwi'n mynd ar fy mhen i uffern mewn oes hollol ddreng.'

'Mae'n sefyllfa innau'n ddigon tebyg – os braidd yn gymysglyd ar brydiau. Mae'n capeli ni wedi'u hollti ynghylch y mater mewn ambell le. Ac mae yna nifer o bobl yn ein gwawdio ni am beidio bod digon dewr i fod yn wrthwynebwyr cydwybodol go iawn – ac wynebu carchar neu waeth.'

'Dydy'r ficer ddim yn siarad efo fi rŵan, ac mae o'n oeraidd efo'n rhieni – er bod Ifor mewn lifrai a Twm yn ystyried yr alwad pan ddaw o i oed.'

'Mae yna weinidogion amlwg yn ein henwad ni sy'n cefnogi'r rhyfel – heblaw'r Williams Brynsiencyn 'na, sy'n mynd o gwmpas y lle yn lifrai'r fyddin, efo belt Sam Brown a'r cyfan; maen nhw'n recriwtio pobl ifanc ddiniwed fel ni i listio ym Myddin Lloegr. Y diawliaid drwg iddyn nhw. Ro'n i bron â dweud y dylen nhw fod yn yr Eglwys Wladol!'

'Mae 'na resymau eraill dros fod yn eglwyswr.'

'Siŵr o fod … Doeddwn i ddim yn bod yn gas.'

'Er enghraifft, mae'n well gen i glywed ac adrodd gweddïau sy'n dŵad o'r ysgrythur neu wedi'u llunio gan Gristnogion mawr yr oesoedd yn hytrach na rhai o frest annysgedig a hunangyfiawn ambell un. Ac mae sagrafen yn hollbwysig i mi.'

'Fasa well i ti fod yn aelod o Eglwys Rufain!'

'Mae honno'n fwy estron nag ydy Eglwys Loegr ar ei gwaethaf.'

'Wnaet ti weinidog da, efo dy iaith goeth a'th argyhoeddiadau moesol!'

'Mae gwrando ar rai gweinidogion a blaenoriaid yn gweddïo ac yn edrych mor surbwch mewn cynebryngau yn troi arna i … Ond parhaed brawdgarwch. Ti'sio panad? Yr ateb i bob dadl yng Nghymru! Un fantais o gael defnyddio'r swyddfa fach hon ydy fod yna degall a llestri yma, a mymryn o de. Gymri di un? Sgin i'm llefrith, gwaetha'r modd.'

'Te du dwi'n yfed beth bynnag!'

'Iawn.'

'Ddweda i wrthot ti pam ddes i yma … yn rhannol i weld oeddet ti'n un ohonon ni, a gofyn oedd 'na unrhyw beth o gwbl fedrwn ni wneud am yr holl regi a chableddu sy'n poeri o enau'r rhingyll aflan yna.'

'Dyma hi. Panad foel, mae arna i ofn – sgin i'm byd i'w fwyta.'

'Paid â phoeni.'

'Yr unig beth fedri di wneud am yr hen ddiawl

hyd y gwn i, ydy gwneud cwyn swyddogol – dwi wedi bod yn astudio'r rheolau yn y llyfryn roddodd o imi. Mae gen ti hawl i godi unrhyw bwnc adeg y parêd ar fore Sadwrn. Ond mae eisiau hyder i wneud y fath wrhydri.'

'Gawn ni weld.'

5. Meddygon

''Na ddyn lwcus! Cael mynd adre mor sydyn.'

'Diolch i Dr Roberts a'ch gofal chitha. Ond dwi'n gorfod cymryd petha'n dawel am ryw chwe wythnos. Bydd hynny'n anodd; dwi wedi anghofio sut i ymlacio … chredech chi ddim, ond roeddwn i'n mwynhau opera a darllen llyfrau dro'n ôl. Ond, ers amser bellach, dwi'm yn darllen dim bron heblaw'r cylchgronau meddygol.'

'Chwe wythnos o leia. Ddylech chi ddim dod yn ôl nes byddwch chi wedi wedi llwyr wella – neu efallai y cewch chi bwl arall. Chi 'di bod yn gweithio'n rhy galed ers tro byd. Dewch chi i arfer cael amser i chi'ch hun – i hamddena am dipyn.'

'Peth peryglus ydy hamdden, Chwaer Huws. Hel meddyliau a rheini'n rhai cas weithiau. Fel maen nhw'n deud: mae'r diafol yn awyddus iawn i gynnig gwaith i ddwylo segur!'

'Twt lol, allwch chi fforddio mynd ar fordaith neu rywbeth arall hollol ymlaciol – y ddau ohonoch chi. Un noson arall yn yr hen ysbyty yma, a gewch hi hel meddyliau faint liciwch chi! Dwi'n mynd rŵan, mae'r shifft nos wedi cyrraedd.'

'Fel mae'n digwydd, dwi'n fwy na pharod i'w throi hi am heno.'

Ond noson o droi a throsi fuo hi. Cofio … Dyna beth sy'n tueddu i ddigwydd adeg digwyddiadau mawr bywyd. Cynifer o ddynion a welais yn gorfod ailystyried eu ffordd o fyw a'u sefyllfa deuluol ac ati ar ôl cael pwl efo'r galon. Beth pe bai raid i mi roi'r gorau i feddygaeth – ar ôl yr holl flynyddoedd yma. Ymddihatru oddi wrth feddygaeth … o'r diwedd? Cofio'r diwrnod pan wnes y cam tyngedfennol; ildio bron yn ddiarwybod i obeithion – a chynllwynio 'nhad. Mynd am gyfweliad yn yr ysgol feddygol yn Nulyn. Prifddinas gwlad Nana. Yr ysgol feddygol agosaf at fy nghartref, yn y ddinas roedd 'nhad wedi rhamantu amdani ers dyddiau'r rhyfel. Noson ofnadwy, fel dwedodd Ifan gafodd o y noson cyn iddo gael ei ordeinio'n offeiriad. Troi a throsi, cael hunllefau, chwysu a gwingo – ddim yn siŵr oeddwn i'n gwneud y peth iawn. Roeddwn i wedi gweld tipyn ar ysbytai a meddygfeydd efo salwch Mam, heb sôn am ddiddordeb Dad yn yr holl fyd meddygol a'i ganmoliaeth gyson, syrffedus i'r proffesiwn. Ai fo oedd yn fy ngwthio i yma'r bore hwn, ynte salwch Mam? Gin i barch mawr at y proffesiwn, ond nid dyna fy myd i, felly pam ddiawl dwi yma …?

'Wel, Alwyn, teg edrych tuag adref? Eich gwraig yn dod i'ch nôl chi?'

'Ganol p'nawn.'

'Sut dych chi'n teimlo?'

'Yn betrus, Doctor, a finnau wedi cael triniaeth mor ddwys.'

'Be yw'r Doctor yma?!'

'Wel, mae eisiau talu parch i broffesiwn mor bwysig!'

'Tynnwch y goes arall. Beth am wydriad bach? Wisgi bach, o'r drôr! Wy'n aml yn cael un bach 'i 'nghadw fynd ar ôl wythnos o waith caled!'

'Iawn – efo diferyn o ddŵr i mi. Gwaraidd iawn!'

'Iechyd da! A gobeithio y gwireddir y geiriau yna. Rwy'n sicr yr aiff pethau'n dda ichi, ond ichi fod yn ddoeth.'

'Ond, chwarae teg, rydach chi wedi gwneud gwyrthiau ar yr hen gorffolaeth yma.'

'Nid fi, Alwyn, ond yr holl beiriannau a'r triniaethau technolegol yna. Fel'na mae hi erbyn hyn, fel y gwyddoch chi. Ry'ch chi'n lwcus na chawsoch chi drawiad go iawn, ac fe fydd y Warfarin yn bris bach i'w dalu am geisio osgoi hynny yn y dyfodol.'

'Ond chi sy wedi 'ngwella i; chi oedd wrth y llyw, ac yn dehongli'r holl brofion ac ati. A dwi mor ddiolchgar ichi – fel mae Elin a'r plant.'

'Falch o gael gwneud. Ond bydd yn rhaid ichi

gymryd pethau'n fwy hamddenol bellach, wy'n cofio fel roedden ni i gyd yn rhyfeddu at y ffordd roeddech chi'n gwthio'ch hun i'r eitha o hyd yn y gwaith, fel petaech chi'n dal yn gofrestrydd ifanc, brwd. Does dim rhaid darllen y *Lancet* trwyddo bob wythnos, chi'n gwybod.'

'Ia. Wel mi fydd raid newid ger rŵan. Mi fydd Elin wrth ei bodd, yn enwedig mod i'n rhoi'r gorau i'r holl bwyllgorau yna. Yn tydy o'n rhyfedd ... Wn i'm os dwi wedi sôn wrthych chi, Dewi, ond doeddwn i ddim eisiau mynd yn feddyg ... Wir ichi.'

'Nhad oedd yn fy ngyrru i. Ei uchelgais o, ar ôl cael ei ysbrydoli gan ei waith efo'r RAMC yn y Rhyfel Mawr.'

'Dwi'm yn eich nabod chi'n dda iawn; mewn pwyllgorau a seminarau roeddwn i'n eich gweld chi fel arfer. Oes gennych chi ddiddordebau heblaw meddygaeth? Y'ch chi'n hoffi gwaith llaw neu'n gerddorol neu ...?'

'Nac ydw, ddim a deud y gwir. Ro'n i'n ddarllenwr mawr ers talwm, ond mi adawais i i feddygaeth feddiannu 'mywyd i – unwaith roeddwn i wedi penderfynu cymhwyso'n feddyg.'

'Mae yna lawer o feddygon sy'n mwynhau'r celfyddydau; er enghraifft, fe wn i am batholegydd sy'n treulio'i ddiwrnodau gwaith yn gneud archwiliadau *post mortem*, ac wedyn yn mynd i actio efo cwmni amatur da gyda'r nos! Ac mae Athro llawfeddygaeth Ysbyty'r Llan yn canu'r fiolín mewn pedwarawd sydd bron yn broffesiynol. Rwy i, hyd yn oed fi, yn trio chwarae *jazz* ar y piano acw!'

'Da iawn chi. Ond cofiwch, roedd aelodau o'r Gestapo'n mynd adre ar ôl diwrnod o arteithio bwystfilaidd, ac yna chwarae ac yn canu i'w plant ... Ond trueni na wnes i ddatblygu unrhyw ddiddordeb heblaw meddygaeth. Mae'n siŵr y byddai hynny wedi bod yn beth da i'w gydbwyso efo meddygaeth fodern. Roeddwn i'n hoff iawn o Ffrainc a'i diwylliant pan oeddwn i'n ifanc ... ond, dyna fo.'

'Chi 'rioed wedi'ch dadrithio gan feddygaeth fodern! Yr holl dechnoleg, ie?'

'Wel, rydyn ni'n dibynnu cymaint ar labordai a sganwyr a phob math o beiriannau a thriniaethau cemegol a thechnolegol drud a chymhleth nes ein bod ni wedi mynd fel robotiaid.'

'Y'ch chi'm yn meddwl fod hynny'n rhan o'n hyfforddiant ni erioed? Dysgu am bob nerf a gewyn a gwythïen ac asgwrn ac ati ym mhob twll a chongl o'r corff, er mwyn bod yn ymwybodol o beth all gael ei niweidio neu'i ddistrywio gan anaf neu afiechyd neu beth bynnag? Ond bod rhaid ymwneud â'r claf fel person hefyd.'

'Digon gwir ... Peth rhyfedd ydy trafod y proffesiwn fel hyn, Dewi. Dwi'm yn cofio gneud hyn erioed o'r blaen. Doedden ni ddim yn bobl oedd yn trin a thrafod syniadau ac ati fel cywion meddygon, nac ar ôl cymhwyso – dim ond dal i astudio a sefyll arholiadau mecanyddol, a gweithio'n ddi-stop.'

'Ie, ond mae yna ochr arall i bethau. Mae'r rhan fwyaf ohonon ni'n teimlo dros ein cleifion a'u teuluoedd, ac yn ymhyfrydu wrth eu gweld nhw'n gwella – pan maen nhw'n gwella! Ac mae yna elfennau o grefft ddynol ar ôl yn ein gwaith ni, hyd yn oed y llawfeddygon a'r radiolegwyr ac ati.'

'Ond fasa rhywun yn disgwyl i bobl sy'n gweithio ar y dibyn, yr affwys rhwng bywyd ac angau, fod yn fwy ymwybodol o'r cwestiynau dwys, y dirgelion oesol sy'n codi wrth ystyried y sefyllfa honno. Er hynny, ein hateb ni gymaint o'r amser ydy pilsen neu sgan, dan ofal technegydd neu nyrs – y rheini, y nyrsys, sydd yn aml yn fwyaf ymwybodol o gymhlethdod sefyllfa'r claf a'i deulu.'

'Alwyn, rydych chi'n deud llawer o wirioneddau, ond mae meddygon yn cynnig mwy nag ateb i broblemau neu argyfyngau cleifion – maen nhw hefyd yn cynnig ymateb, yn gneud i'r claf a'i deulu deimlo fod rhywun o'u plaid all wneud gwahaniaeth.'

'Chi sy'n delfrydu rŵan!'

'Chi'n iawn. Ry'n ni i gyd, dybiwn i, yn ansicr wrth wynebu poen a dioddefaint creulon, ac yn ansicr iawn ynghylch cadw pobl yn fyw trwy ddulliau arwrol, cymhleth a drud, fel eu bod eu dioddefaint yn parhau.'

'Meddygaeth liniarol well ydy'r ateb fan'na, i raddau helaeth o leiaf. Dych chi'n cofio geiriau doeth yr hen Arthur Clough: 'Thou shalt not kill, but needst not strive officiously to keep alive?'

'Ie, ond synnech mor anodd yw hi i gael pobl i ddirnad yr egwyddor tu ôl i hyn'na: y syniad o'r lleiaf o ddau ddrwg. Y pwrpas sy'n bwysig, onid e.'

'Wel, ambell awr pan oeddwn i'n ansicr be oedd yn digwydd imi yn ystod yr wythnosau dwetha yma, roeddwn innau'n methu peidio meddwl am y Pethau Diwethaf!'

'Angau, Barn, Atgyfodiad y Cnawd, Nefoedd ac Uffern' – ein tynged ni i gyd, ac fe ddylen ni i gyd feddwl am y pethau yna o bryd i'w gilydd. Ond cofiwch eich bod chi'n mynd adre yn eithaf iach, a heb unrhyw esgus i laesu dwylo gormod, yn dy waith nag yn dy gartre!'

'Doeddwn i ddim yn sylweddoli eich bod yn meddwl am y pethau yma.'

'Peidiwch â bod yn nawddoglyd. Hen bryd ichi fynd adre. A chofiwch fod ambell un heblaw chi yn mynychu addoldy!'

6. Treasa

Gobeithio y gwellith hi ond dydy'r meddygon 'na ddim fel taen nhw'n gwybod beth sy'n bod arni, druan. Ma' rhai pethau na fedran nhw hyd yn oed eu deall. Dwi'n cofio'r sgwrs 'na efo Dr Gwyn, yr ymgynghorydd, fel tasai wedi digwydd ddoe:

'Mae arna i ofn mai dirywio wneith hi; dyna sy'n debygol.'

'Oes 'na'm byd y gellir ei wneud?'

'Wel, fel y gwyddoch chi, Mr Davies, dy'n ni ddim yn siŵr be sy arni, druan. Ond os mai tiwmor yn llechu rywle yn yr ymennydd sy'n achosi'r drafferth, fel ry'n ni'n tueddu i amau, mi fydd angen gofal cyson, dwys efallai, yn enwedig os bydd yna boen.'

Roedd wedi estyn ei law dde ar draws y ddesg a'i chynnig i mi. Llaw gref, gadarn.

'Mae hi'n anodd arnoch chi, Mr Davies. Faint ydy oed y mab acw?'

'Bron yn bymtheg. Wnes i ddweud wrthoch chi fod ei fryd o ar fynd yn feddyg?'

'Da iawn. Athro bioleg ydych chi, ynte'.

'Ia, Doctor. Ond roeddwn innau eisiau mynd yn feddyg – wedi bod yn yr RAMC yn y Rhyfel Mawr.'

'Beth aeth o'i le?'

'Dim digon o bres – gratiwiti'r fyddin yn brin. Ond mi wneith Alwyn gyflawni pethau.'

'Mae'n dda bod gynnoch chi'r mab, yn enwedig gan na fydd Mrs Davies ddim yn gallu bod yn fawr o wraig ichi bellach, mae gen i ofn. Ond fe wnawn ni'n gorau glas drosti. Ein gofid pennaf, ar wahân i'r boen, ydy y ceith hi wasgfeydd eto, ac weithiau mae tiwmor ar yr ymennydd yn gallu achosi newid personoliaeth.'

'Dwi'n ddiolchgar iawn ichi am bopeth dach chi 'neud drosti.'

'Dyna'n gwaith ni, ynte.'

'Gobeithio na wnaiff hyn effeithio ar Alwyn. Dydy hi ddim yn medru bod yn fawr o fam iddo fo fel mae hi. A bydd yn rhaid i minnau arfer â'r ffaith nad oes gen i wraig yn gymar gwely imi bellach ac mai go brin y newidith petha. Ond dwi'n medru cadw'r tŷ yn weddol, diolch i'r fyddin, a gwneud bwyd. Ond yr hyn sy'n bwysicaf ydy mod i'n medru canolbwyntio ar fagu Alwyn. Hwyrach y bydd o, ryw ddydd, yn gwneud ymchwil i gyflwr ei fam, yn ymgynghorydd disglair. Mae gynno fo'r gallu, yn sicr, fel y dwedodd Parry Cem., er bod Meirion Huws yn dweud mor ddisglair ydy o mewn Ffrangeg. Bydd o'n medru cael gradd uchel yn y pwnc cyn mynd i'r Chweched. Mae'n siŵr eu bod nhw'n meddwl mod i'n 'i wthio fo ormod Ieuan, yn flin mod i di 'i atal o rhag cymryd rhan yn

y ddrama 'na, a does 'na fawr o werth mewn chwarae
pêl-droed yn fy marn i.'

Anodd cofio bellach sut oeddwn i yn fyfyriwr. Wrth
gwrs, roeddwn i'n hŷn, wedi bod yn y rhyfel. Mor
falch o gael cwmni merched eto, ar ôl dyddiau'r
fyddin wrywaidd. Bywyd mentrus, yn torri cyt, yn
dysgu dawnsio! Ffurfio clwb beiciau modur a rhuo o
gwmpas Eryri yn giwed swnllyd. Cofio prynu trwsus
dal afalau a mynd i Frynsiencyn at y chwiorydd
Parri i chwarae tennis! Yno mi ges i gyfarfod Treasa,
cyfnither drwy briodas i'r chwiorydd. Gwyddeles
oedd wedi cymhwyso 'i hun i fod yn athrawes yng
Ngholeg Alexander yn Nulyn. Roedd hi'n Brotestant,
yn aelod o Eglwys Anglicanaidd Iwerddon, eglwys
oedd wedi ei datgysylltu ers dros hanner canrif,
fel oedd yn digwydd yng Nghymru. Roedd hi mor
fywiog, ei llygaid yn dawnsio efo gweddill ei chorff.
Mi ymserchais ynddi'n syth. Sôn sut y sibrydid am
Wrthryfel y Pasg ymysg y Cymry yn y ffosydd, ac
roedd hithau'n gefnogol er ei bod yn ofni y byddai yna
beth dial ar Brotestaniaid yng nghefn gwlad wrth i
annibyniaeth ddŵad i rym, a chyn i bethau ymsefydlu
– er bod y Rhyfel Cartref wedi arafu a llygru popeth.

Wedi dŵad am egwyl roedd hi ond doedd dim brys

arni i ddychwelyd i Iwerddon, ac mi fu hi'n chwarae tennis gyda mi, a chafodd y ddau ohonom ambell ddawns efo'n gilydd. Mi gafodd hi hyd yn oed fynd ar gefn fy meic modur a chrwydro gogoniannau Eryri. Ym mhen deufis a chydag anogaeth y chwiorydd mi aethon ni ati i ddyweddïo'n ffurfiol, a mynd draw i weld mam weddw Treasa mewn tref fach o'r enw Trim yn Swydd Mhi. Oherwydd y sefyllfa ddyrys yn Iwerddon mi benderfynwyd priodi ym Môn, er na theimlai mam Treasa y medrai adael y wlad ar y pryd. Cafwyd achlysur syml a bychan ond rhyfeddol, dwyieithog, yn Eglwys y Felinheli: Nain yn ei hwyliau; Moi yn edrych yn rhyfedd mewn siwt; Ifor yn was a'r chwiorydd yn forynion priodas. A gwledd fach wedyn ar draul y ddau deulu yng nghaffi Roberts ym Mangor. Dyddiau difyr.

Pryd newidiodd pethau? Roedd y pedair blynedd cyn i Alwyn gyrraedd yn rhai dedwydd iawn, ar wahân i golli babi yn y groth. Ond fuo Treasa ddim chwinciad cyn dŵad ati'i hun, chwarae teg iddi, ac roedden ni'n chwarae tennis eto. Rhai gwydn ydy'r Gwyddelod.

Rhaid cyfaddef mai Alwyn wnaeth newid popeth: ar ôl iddo fo ddŵad roedd rhaid trafod pa fath o fywyd a dyfodol roedden ni am ei gynnig iddo a'i arwain …

Rydyn ni wedi bod yn dda wrtho, fo ydy popeth yn ein ffurfafen ni, yn fwy byth felly ers i Treasa fynd yn wael. Treasa'n cwyno ambell waith nad oedden ni'n dau byth yn mynd allan i'r theatr neu i fwyta bellach, a'n bod ni wedi gwrthod gwahoddiad i fynd efo Twm a Liz i'w bwthyn nhw yn Nhrefdraeth. Roedd hi wedi ei chael yn anodd fy mherswadio i fynd draw i Iwerddon, fy hoff wlad ers talwm, a Nana'n cwyno'n arw. Mae ei salwch hi wedi fy rhyddhau o'r cyfyng-gyngor yna.

7. Mam

Cofio un o'r ychydig droeon pan gawson ni, 'nhad a fi, sgwrs gall, ddiemosiwn, yn trafod gwyddoniaeth. Roedden ni wedi bod yn ymweld â Mam yn yr ysbyty, ac yn gorfod dychwelyd yno o fewn rhyw ddwy awr i weld un o'r meddygon. Aethon ni i dafarn fach leol a chael *lasagne* a gwydraid o win.

Fi fuo'n gas braidd, yn edliw iddo fethiant meddygaeth i ddatrys aflwydd Mam, a hynny'n ei dristáu, wrth gwrs. Roeddwn innau'n swnio'n flin am y peth. Ac yntau bron â 'nghyhuddo i o fod yn erbyn gwyddoniaeth mewn oes pan oedd y fath fri ar y byd hwnnw. Ac roedd yna beth gwir yn yr ensyniad.

'Does dim rhaid iti droi dy gefn ar fyd gwyddoniaeth er mwyn gwerthfawrogi celfyddyd. Mae Natur yn medru creu gwyrthiau o ffurf a llun a sawr a lliw ac ati – wyt ti'n cofio sut roedd y darn o wymon wedi ffurfio patrwm unigryw ar draeth Dinas Dinlle y tro hwnnw...? Pan oeddwn i'n astudio botaneg yn y coleg, er mai cael bod mewn coleg meddygol oedd y freuddwyd seithug, roeddwn i hefyd yn dengyd i ddarlithoedd Williams Parry i'w glywed o'n trafod barddoniaeth, a byd Natur yn arbennig. Mae Natur i mi yn ddatguddiad rhyfeddol o'r Duwdod.'

'Ond mae yna lawer mwy o lyfrau gwyddonol adre 'cw nag o rai celfyddyd: llond lle o Darwin a Huxley, a *Pageant of Nature, Manuals of Psychology* a *Physiology* a phethau felly. A phryd fuoch chi'n adrodd cerdd gan eich hoff Williams Parry neu Cynan neu Keats wrtha i ddwethaf? Ac erbyn hyn dwi'n gwybod eich bod chi'n aelod o Glwb y Bont, yn trafod llenyddiaeth Gymraeg! Ac roedd Hefin yn canmol y ffordd yr oeddech chi'n adrodd cerdd Keats am 'When I have fears that I may cease to be ...'

'Rhaid imi gyfaddef 'mod i wedi rhoi'r holl bwyslais ar wyddoniaeth wrth drafod dy addysg di, er mwyn dy baratoi di ar gyfer mynd yn feddyg. Ro'n i'n gwybod y basat ti'n hapus iawn mewn proffesiwn mor aruchel ...'

'Chi fyddai'n hapus. Dwi'n gweld gwyddoniaeth fel ffordd faterol iawn o edrych ar bethau, o farnu a mesur a cheisio ffurfio rheolau yn lle syllu a rhyfeddu a graddol ddirnad pethau. Dysgu miloedd o ffeithiau sych am esgyrn, a nerfau a chwarennau ac ati – dyna ydy meddygaeth, mae'n debyg. Well gen i eiriau Gwenallt: 'Pan beidiodd Duw â chreu / Fe greodd yr artistiaid ...'

'Alwyn bach, dydyn ni ddim mor wahanol i'n

gilydd ag rwyt ti'n meddwl. Dim ond y cwestiwn ohonot ti'n mynd yn feddyg sy'n creu anghydfod rhyngon ni.'

'Ond mae o'n uffar o anghydfod!'

'Dwi'n amau nad gwyddoniaeth sy'n glynu yn dy lwnc di, ond technoleg a'r fateroliaeth sydd ynghlwm wrthi. Ac nid technoleg ydy popeth mewn meddygaeth – neu ddim eto. Mae meddygaeth yn ymwneud efo teimladau, efo rhinweddau uchaf y ddynoliaeth megis tosturi ...'

'Dwi ddim yn amau. Ond i mi, mae campau celfyddyd yn fwy dyrchafol, yn ennyn arswyd iachaol tuag at y greadigaeth, ac yn ffordd o godi'r hen gwestiynau mawr, sylfaenol ynghylch pwrpas ein bod. Maen nhw'n drosgynnol, Dad. A dach chitha, er syndod imi, yn dal i fod yn ddyn crefyddol.'

'Ia, wel, Alwyn. Ti'n gwybod nad ydw i'n gofyn iti ddewis rhwng y ddwy agwedd at fywyd.'

'Anodd iawn ymroi i'r ddau fyd, fel dach chi'n sylweddoli'n iawn. Uchelgais sy di'ch gneud chi'n gibddall. Yn fy achos i, o leia.'

'Alwyn bach, mi weli di betha'n wahanol ryw ddydd.'

'Ia, ar ôl imi raddio'n feddyg 'te. Bydd hi'n rhy hwyr bryd hynny.'

'Ddim o gwbl, ond tyd, mi fyddwn ni'n hwyr i weld Dr Mostyn 'sna symudwn ni.'

'Byddwn. Ac mae hi'n bwysicach na'r naill na'r llall ohonon ni.'

Mae 'mrest i'n dynn rŵan wrth eillio. Dwi fel taswn i wedi llithro i mewn i'r sefyllfa, fel nad oedd unrhyw ddewis arall i fod i mi. Reit hawdd i Dad sôn am Keats a phobl oedd yn feddygon ond yn ymddiddori yn y celfyddydau hefyd – dydy hynny ddim yr un peth. Ro'th o'r gorau i feddygaeth a phob gwyddoniaeth. Mi fydd yn anodd iawn arna i fel'na os a' i ymlaen i fod yn feddyg go iawn ….

'Eisteddwch,' meddai'r cadeirydd mewn Saesneg coeth – dynes lem yr olwg oedd yn cael trafferth gwenu. Roedd dau ddyn efo hi, mewn siwtiau drud a golwg hynod o drwsiadus arnyn nhw.

'Ry'n ni'n gweld eich bod wedi cael y graddau angenrheidiol, Mr Davies, a bod gennych chi Ladin yn eich matric. Fel y gwyddoch chi, mae llawer iawn o eirfa meddygaeth yn yr iaith Lladin. Ac ry'ch chi'n dod o ogledd Cymru, pam dewis Dulyn? Mae llawer o'ch ardal chi yn mynd i Lerpwl neu i Gaerdydd.'

'Am mod i'n Gymro, ma'am. Ac mae 'nhad wedi

clodfori Dulyn wrtha i ers pan oeddwn i'n ddim o beth.'

'Wel. Hm … Dwi'n gweld.'

'Ie, ma'am. Ac mae hi'n hawdd iawn imi gyrraedd Dulyn: llong dros nos, fel mae Dad yn deud.'

'Rwy'n gweld … Ychydig o lefydd sydd ganddon ni i bobl o'r tu allan i Iwerddon, ond coleg Protestannaidd yw hwn, ac ry'ch chi'n aelod o Eglwys Loegr, felly fe gewch eich ystyried yn ffafriol o'r safbwynt yna.'

'Diolch yn fawr.'

'Wel, fel gyda phob ymgeisydd, ry'n ni'n gofyn y cwestiwn pwysig: pam ydych chi am fod yn feddyg?'

'Dwi wedi 'magu i feddwl mai meddyg dwi i fod … Mae 'nhad yn athro bioleg, ac roedd o wedi bod yn aelod o'r RAMC yn ystod y Rhyfel Mawr, ac wedi ymserchu yn y gwaith – mae o'n addoli meddygon, bron!'

'Ond nid eich tad sy'n cael ei gyfweld yma!'

Torrodd un o'r dynion ar draws:

'Roedd eich ateb i'r cwestiwn pam ry'ch chi am fod yn feddyg yn un gwahanol iawn i'r rhai arferol. Synnech chi faint o bobl sy'n dweud eu bod eisiau bod yn llawfeddygon sy'n trin yr ymennydd neu am achub y ddynoliaeth! Mae'n rhaid eich bod yn falch iawn o'ch tad.'

'Wel, ydw am wn i.'

'Beth bynnag, Mr Davies' meddai'r ddynes, 'fel rydych chi'n sylweddoli mae'n siŵr, mae meddygaeth adeg heddwch yn dra gwahanol, ddim mor rhamantaidd efallai. Fyddech chi'n fodlon neu'n awyddus i wneud y gwaith hwnnw mewn pentre tawel yng nghefn gwlad, dweder?'

'Ydw ... erbyn hyn, ma'am. Ond mae'n debyg mai yng nghefn gwlad Cymru fuasai hynny.'

'Wrth gwrs'.

Dwi wedi meddwl llawer am yr ateb yna dros y blynyddoedd, ond erbyn hynny roedd fy nhynged wedi'i selio. Roedd y peth wedi ei feithrin ynof i; roeddwn i wedi cael fy magu arno fo ...

Hwn, o edrych yn ôl, oedd y tro olaf imi fedru cyfathrebu efo Mam, a minnau ond yn bymtheg oed. Roeddwn i wedi mynd i'w gweld hi heb Dad am unwaith – roedd o'n dioddef o ryw anhwylder ar ei ymysgaroedd. Doedd o ddim yn awyddus imi fynd ar fy mhen fy hun, ond mynd wnes i.

Roedd gwên egwan ar ei hwyneb, ac mi gododd law i'm tynnu ati am sws.

'Alwyn!' Roedd ei llais yn wan. 'Ble mae Dad?'

'Rhywbeth o'i le ar ei fol o. Dim byd rhy ddrwg. Ond sut ydach chi sy'n bwysig.'

'Fel y gweli di – na, dwi'm yn rhy ddrwg. Rwyt ti'n edrych yn dda; ti 'di prifio. Eillio rŵan, dwi'n gweld! Oes 'na eneth lwcus?'

'Mam!'

'A beth am dy ddiddordebau di?'

Teimlais yn anghyffyrddus. Roedd hi'n holi am bethau nad oedd byth yn codi rhyngddo fi a 'nhad.

'Wyt ti yn y tîm pêl-droed? A beth am nofio? Roeddet ti'n nofiwr da yn ifanc, yn enwedig y dull nofio broga.'

'Mam. Mae gen i ormod ar fy mhlât efo'r gwaith ysgol.'

'Twt lol …'

Roedd hi bron a cholli ei llais.

'Rwyt ti'n fachgen heini, hardd, a ddylet ti fod yn mwynhau tipyn ar fywyd – ddim fel dy dad … er roedd hwnnw'n ddigon sionc pan gwrddais i o. Rhaid iti fynnu cael gwneud pethau ar wahân i wersi ysgol, 'sti …' Aeth i bendwmpian, a theimlais yn anniddig a braidd yn ddryslyd.

Roedd gen i deimlad cryf fy mod wedi colli hon o 'mywyd i raddau helaeth: y fam oedd yn chwarae efo fi'n fachgen bach, yn mynd â fi i lan môr i nofio, a mynd i'r sinema ambell waith. Cofio hi'n adrodd araith fawr Portia yn *The Merchant of Venice* a chanu caneuon fel 'She moved through the fair' ac weithiau mi ddarllenai ambell dalp o *Poems and*

Ballads of Young Ireland, Yeats. Dynes ddeniadol, hawddgar, hwyliog … Wnaeth hi erioed grybwyll meddygaeth fel mae'n digwydd, er iddi gael ei llethu gan yr argyfwng yma, druan. Oedd hi'n anghytuno efo Dad, a'r holl sôn am feddygaeth byth a beunydd? Tybed.

Gafaelais yn ei llaw, heb iddi ddod ati hi'i hun, a'i gwlychu efo 'nagrau. Fyddai mywyd i wedi bod yn wahanol petai hi'n dal yn iach? Tybed?

Wrth i mi gerdded adref, daeth atgofion eraill i aflonyddu arnaf.

'Wel, Alwyn bach, a be dach chi isio bod ar ôl ichi dyfu i fyny?'

'Arbenigwr, Mr Peters.'

'Brensiach annwyl. A be ydy hynny?'

'Math arbennig o feddyg.'

'Tewch, da chi. Da iawn, machgen i. Ma' digon o angen meddygon yn yr hen fyd 'ma. Rydach chi'n uchelgeisiol iawn, chware teg, a chithau 'mond pedair oed.'

Dwi'n cofio'r achlysur mor eglur, ac mae'n dal i ddŵad yn ôl i'r cof yn rhyfedd o aml. Roedd wyneb Mr Peters yn bictiwr o 'nghlywed i'n defnyddio geiriau mawr fel'na. O ble ces i'r gair *arbenigwr* yna? O ble ces i'r syniad am fynd yn feddyg? A be oeddwn i'n neud mewn capel yn lle eglwys? Rhyw 'gyfarfod undebol Ysgolion Sul' neu rywbeth, meddan nhw.

Roedd hi'n amlwg mai ar Dad mae'r bai. Sut beth ydy bod yn feddyg tybed, meddwn i? Helpu pobl, medda Dad. Ond doedd gen i ddim stumog at waed a chwistrellu pobl a ballu – roeddwn i wedi cael sawl chwistrelliad pan oedd yr asthma'n ddrwg iawn. Ac roedd Cen yn deud bod myfyrwyr meddygol yn dyrannu cyrff dynol go iawn, fel roedd rhai'n gorfod gneud efo llygod mawr a llyffantod yn y labordy bioleg yn yr ysgol fawr. Ydy hynny o 'mlaen i'r flwyddyn nesaf, tybed? Dwi'n teimlo fel rhedeg i ffwrdd – bron â chrio, ac yn flin iawn efo Dad. Ond wnaeth o ddim sylweddoli'n go iawn am flynyddoedd eto, nes bod rhaid imi ddewis pynciau – a gyrfa – wrth fynd i Ddosbarth VI.

8. Cais

'I can't hide from you my opinion that asking to join the RAMC as a stretcher bearer is simply a coward's way out. You haven't got the guts to fight nor to be a conshie. But since we do need people like you, I'll make bloody sure you end up in the front line, right in the danger zone. Perhaps you'll change your mind then, and be glad to bear arms for your King and Country.'

Er gwaetha'r rhingyll, cefais ganiatâd i fynd i weld y Prif Swyddog.

Cyrhaeddais y swyddfa, cael mynediad, yn sefyll yn hollol syth a stond, ac yn rhythu i lygaid y swyddog.

'Yes, Davies. You've asked to see me.'

'I want to join the RAMC, sir.'

Roedd cryndod rhyfeddol yn fy llais. Y dyn yn y lifrai smart yna a'r Sam Brown hardd yn syfrdan fy mod i'n meiddio dweud y fath beth. Tasa fo 'mond yn sylweddoli mod i'n addoli meddygon, bron; wedi gwneud arwr o hen ddoctor bach Pant-glas oedd yn mynd o gwmpas ar ei feic ers talwm, a thendio ar bob math o salwch a thrueni. Mor dda wrth Mam wrth iddi nychu oherwydd beth bynnag oedd yr aflwydd *arni. Yn nabod ei gilydd ers blynyddoedd am ei bod hi fel rhyw fydwraig yn y pentref, ac weithiau'n troi cyrff heibio a'u gosod dan eu crwys. Sut fedrai o ddirnad fod gen i egin uchelgais i fod yn feddyg, petai hynny'n bosib i rywun tlawd?*

Roedd yn darllen fy ffeil.

Be wyddai rhyw Sais ffroenuchel, trahaus fel hwn am ddioddefaint pobl gyffredin? Ac roedd o wedi dirmygu'r ffaith 'mod i'n mynnu galw'n hun yn Gymro.

Ond roedd o'n feddyg, ac felly'n medru lleddfu poenau pobl. Ac mi wnaeth o fy nerbyn i. Duw a ŵyr be faswn i wedi'i wneud tasa fo wedi 'ngwrthod, a mynnu mod i'n mynd yn ôl yn filwr cyffredin …

Cytunodd i ystyried fy nghais, ac roedd rhyw fath o wên gyfeillgar ar ei wyneb wrth iddo addo hynny.

9. Gwrthdaro

Dagrau o lawenydd yn ei ll'gada fo pan ddes i adre a thrafod canlyniadau'r arholiadau yn un ar bymtheg oed. Canlyniadau da, da iawn, ond nid dyna oedd y broblem. Pa bynciau i'w dewis ar gyfer y Chweched Dosbarth oedd asgwrn y gynnen. Wrth imi siarad, mi drodd ei ddagrau fo'n rhai chwerw. Roedd golwg mor druenus arno fo, a syfrdan. Peth fel hyn erioed wedi digwydd, ac yn gneud i mi deimlo'n euog – ddiawl.

Yr unig dro imi droi arno fo, ei herio, wedi colli'n limpyn yn llwyr. Nid troi ar y brawd mawr, fel roedd o licio galw'i hun. Na, troi ar dad, er ei holl addfwynder a'i ffeindrwydd, roeddwn i wedi sylweddoli oedd yn ymddwyn fel teyrn cyfrwys. Er nad oedd o'n meddwl am y peth fel'na, mae'n debyg, roedd o'n trio rheoli 'mywyd i; yn ei lurgunio, a gadael i'w uchelgais anorthrech ond trist ei hun fy ngwthio i ar hyd cledrau ei gynlluniau o.

'Na, Dad. Wna i ddim, wna i ddim. Fedra i ddim. Dwi'n cyfogi wrth ddyrannu llygod mawr, heb sôn am bobol go iawn. Wna i ddim; fedra i ddim. Dwi'm isio, chwaith.'

Roedd o'n sgrechian. Nhad yn trio gafael am fy ysgwyddau i, fel rhyw gariad tyner.

'Be tisio neud 'ta? Ma' bod yn feddyg yn waith aruchel, daionus ac yn rhoi bywyd bras i ti.'

'Mae Huws Ffrangeg yn torri'i fol isio imi stydio'i bwnc o yn y Chweched.'

Siom aruthrol ar ei wyneb o; conglau'i geg o wedi suddo, a chryndod yn ei lais a'i ddwylo. Ond, am y tro cyntaf erioed, a hwyrach yr un olaf, roeddwn i'n ei herio fo, yn troi tu min tuag ato fo.

Roeddwn innau'n crynu, mewn cynddaredd – rhywbeth a oedd yn ddiarth i mi. Dim rhyfedd imi ddioddef o asthma: on'd oeddwn i wedi cael fy mygu gan ei ddyhead o? Roedd y pwysau arnaf wedi cynyddu ers dechrau salwch Mam. Fi oedd bod yn ffynhonnell llwyddiant a dedwyddwch a balchder; ac yn achos 'nhad, i gyflawni'r hyn fethodd o; ei unig reswm dros balu ymlaen a dal i fyw. Ych â fi! Dwi'n teimlo fel tasa rhywun eisiau 'nghyweirio i.

Roeddwn i wedi llwyddo i oroesi nes bod bron yn un ar bymtheg oed cyn i'r gwrthdaro ddechrau brifo'n ffiaidd. Wedi llwyddo i lyncu fy nghynddaredd, ei ddargyfeirio i ganu yng nghôr yr eglwys a darllen yn fy ngwely liw nos, a phan fyddwn i adref yn fy ngwely oherwydd yr asthma. Ond gorfod dewis llwybr yn y Chweched Dosbarth yn yr ysgol dorrodd yr argae: gwyddoniaeth neu'r celfyddydau. Sylweddoli'n llawn, dirnad yn llwyr o'r diwedd fod uchelgais 'nhad yn mynnu mod i'n dilyn cwrs gwyddonol, ar y ffordd i fod yn feddyg. Sylweddoli'r un pryd mai Ffrangeg oedd fy hoff bwnc, a bod y syniad o ymwneud â thu mewn pobl a thrin a thrafod gwaed ac ati yn atgas, yn hunllefus.

'Alwyn bach, be 'nei di efo Ffrangeg? Bod yn rhyw athro bach fel fi.' Roedd ei lais o'n llawn mwythau diflas.

'Ro'n i 'di breuddwydio am rywbeth amgenach ar dy gyfer di.'

Mae ei lygaid o'n lleithio eto. O, ddiawl?

'Ond Dad, nid chi ydw i. 'Sgen i ddiawl o ddim awydd bod yn feddyg, er mor dda ydy'u gwaith nhw. Dwi'n meddwl y byd o Ddoctor Puw, ond ...'

'Dwyt ti ddim yn dallt, nac 'wyt. 'Dwn i'm be i ddeud, ond mae isio iti drio dallt. Rydan ni fel brodyr, yn'tydan. A meddwl am dy les di yr ydw i bob amser.'

Braich am fy ysgwyddau i ...

'Siom mwya 'mywyd i oedd dallt nad oedd y gratiwiti gadael y fyddin yn mynd i fod yn ddigon imi gael mynd yn feddyg. A dyma titha'n cael y cyfle ...'

'Fi sy'n gorfod penderfynu hynny. A neb arall! Twll 'ych tin chi!'

Rhyfeddais at fy llais fy hun, yn groch, beiddgar, wrth rwygo fy hun o afael fy 'nhad.

Distawrwydd, ac osgoi llygaid. Yna, pan edrychais i arno fo, roedd o fel babi wedi'i siomi, a bron â chrio. Ac mi aeth o allan o'r stafell yn ei gwman. Wnes i fyth wylltio go iawn efo fo wedyn; roedd arna i ofn gwneud rhag iddo chwalu'n deilchion.

10. Angau

Roedd yr olygfa yn gweddnewid fy mywyd yn y fan a'r lle, mewn eiliad eirias. Roedd hi ar fin trengi: ei llygaid ar gau, ei hanadl yn brin ac yn afreolaidd, a lliw gorwyn ar ei chroen. Mam, druan. Yr hyn a fu'n arswyd imi. Colli mam … chwalu 'mywyd i, gobeithion nad ydy hi mewn poen.

Beth wneith hyn i Dad? Mae'n ddigon bregus fel y mae hi. Fedr o ddal galar? Fydd gynno fo affliw o ddim i fyw ar ei gyfer … oni bai fy mod yn mynd yn feddyg. Ffawd. Y byd fel petai mewn cynghrair efo 'nhad i fy mlacmeilio i.

Ga i afael yn ei llaw hi. Neu fyddai hynny'n ei deffro a be ddwedwn i wrthi wedyn? Mi ddweda weddi fach, er be dwi'n 'i ddymuno, dwi'm yn siŵr. Eisiau iddi gael byw neu farw heb boen, poen corfforol a meddyliol. Gobeithio bod ei ffydd yn ei chynnal a bod ystyr i'r ffordd honno.

Rhyfedd o fyd: Mam heb ddiagnosis; meddygon a meddygaeth yn methu darganfod be sy arni, heb sôn am ei wella. Taswn i'n feddyg mawr, athrylithgar, hwyrach y medrwn i helpu, ond …

Mam fach, dwi'n dy garu di, a chymaint o dy

eisiau di; ti fasa wedi medru ein helpu i wynebu'r cyfyng-gyngor enbyd sydd wedi datblygu rhwng fy 'nhad a fi. Roeddet ti'n gweld sut roedd pethau'n mynd cyn iti fynd yn sâl. Ffawd greulon inni i gyd, hi a fi a ... 'nhad.

Fe roddais fy mhen ar erchwyn y gwely, heb gyffwrdd â hi ac wylo'n dawel.

Cyrraedd Dún Laoghaire am chwarter i chwech echdoe, yn oer ac yn dra nerfus. Trên i Ddulyn a chael hyd i'r llety. Doedd dim amser i fynd i Trim i weld Nana. Sylwi eto ar y blychau post gwyrdd a'r baneri trilliw. O, na fyddai Cymru fel'ma. Y peint o Guinness yn anfarwol fel arfer, a'r frechdan ham drwchus. Ond roedd y croesawu a chyfarfod y tiwtor ac ati drosodd, a'r foment arswydus wedi cyrraedd.

'Dyma ystafell anatomi hynaf yr ynysoedd hyn. Mae gennych chi, bob un ohonoch ei gorff a'r offer ar gyfer eich tîm. Mi fydda i a Dr Hegarty ar gael fel arfer i'ch tywys chi drwy'r gwaith, ond cofiwch y byddwch yn cael prawf llafar bob tair wythnos i weld a fyddwch chi wedi dysgu popeth sydd raid am y darn o'r corff dan sylw.'

Roeddwn i wedi cau fy llygaid, ond roedd yr ogla garw yn fy ffroenau'n cyhoeddi fod y gwaith yn mynd i fod yn ddiflas. Euthum at yr elor, megis, a'r arogl yn cynyddu'n sydyn. I'n hatgoffa ni o'r hyn oedd o'n blaen mi roedd yna sawl ysgerbwd yn hongian o gwmpas y lle. Roedd y corff noeth o liw mwd yn ddychrynllyd, a'r syniad o orfod ei ddyrannu yn echrydus. Ond dyna fyddai raid, gan ddechrau efo braich er mwyn ymarfer ar gyfer darnau mwy astrus megis y pen a'r gwddf, y frest a'r abdomen.

'Wel, Seamus, yr hen law,' meddai un o 'nghyd-fyfyrwyr wrth y corff.

'Wnaiff hyn ddim brifo!' Chwarddodd y lleill, er braidd yn nerfus. 'Gei di ddechrau arni, Alwyn.'

Gafaelais yn grynedig mewn sgalpel ac estyn am law'r corff. Mi es yn chwys drosof, chwyrliodd fy mhen a suddais i freichiau dau o'r lleill. Dyna ddechrau ar fy ngyrfa feddygol.

11. Mwd

Ddo i byth i ben â'r lloches yma. Sbel fach rŵan a mwgyn ...

Peth rhyfedd ydy'r cof, ynte. Y mwg 'ma'n mynd â fi'n ôl hefyd: siffrwd ... drewdod ... sgrech-ruad-ffrwydriad eto. Ogla mwg neu ryw nwy. Y flanced wlyb dros adwy pabell yr ysbyty maes bach i fod i atal y nwy mwstard. Pam ddeffrais i rŵan? Ia, yr un peth eto. Cysgu a chwyrnu a 'ngheg ar agor – cynffon un o'r llygod mawr ddiawl 'na yn 'y ngheg i. Ych a fi! Lwcus 'mod i'm 'di brathu hi – ond ryw ddydd ...

Clec anferth! Un fawr, ac yn agos; sŵn y ffrwydriad a'r sgrechfeydd ingol 'na – 'sdim ots faint o weithiau: maen nhw fel eneidiau'n cwynfan ac yn wylo yn rhyw ddyffryn dagrau – yn llefain o grombil uffern. Ar 'y nhraed a throi at Wil. Y fath olwg flinedig a digalon arno fo. Fonta o Langaffo, a'i dad yntau 'di gweithio yn Chwarel Dinorwig. Un o'r rhai oedd yn croesi ar y fferi o Foel-y-don ac yn aros yn y barics drwy'r wythnos waith.

'Ffwrdd â ni 'ta, Jos, i weld oes 'na rywbeth ar ôl i'w achub, i drio'i drwsio a'i yrru'n ôl i'r drin wallgof 'ma.'

Ei lais yn orlawn o anobaith

Codi'r stretsier fel dwy ddrychiolaeth, yn symud mor araf a phwyllog, fel chwarae ffilm yn araf deg. Codi'r flanced, ac allan yn ein cwman. A sŵn ffrwydriad agos yn cuddio sŵn 'nhrwsus i'n llenwi eto ...

'Nghoesau i'n gynnes ... Traed yn glynu yn y llaid, yn dew fel toes Nain – oglau crasu yn y dychymyg yn dwyn dagrau i'r ll'gada am chwarter eiliad. Ond y llall yn ei foddi: piso a chachu a dŵr bresych – yn y llaid, a chaglau 'ngharthion i'n leinio'n nhrôns i. Cymryd gwynt a llyncu poer, a throsodd â ni, yn ysgytwol yn erbyn y mymryn gola leuad – ond dim ergyd. Ymlaen ac ymlaen, ar ein gliniau, fi ar y blaen ond Wil sy'n gwthio'r stretsier – a finna – ymlaen.

Ond i ble? Doedd dim i'w weld pan ddôi'r lleuad i'r golwg. Ond dyna ochenaid o rywle, yn orlawn o ing, o rywle ar y dde. Troi tuag ati, ymlaen heb olau, a sibrwd.

'Helô, helô ... Oes 'ma bobol?'

Trio swnio'n hwyliog. Dyma fo: rhyw greadur ar ei fol, yn fyw o leiaf. Roeddwn i wedi gorfod caledu fy hun i ymwneud â chyrff, a hyd yn oed ag ymysgaroedd, er mor ddychrynllyd oedd hynny, Bu bron imi lewygu'r tro cyntaf y ces i waed ar 'y nwylo.

'Helô? ... RAMC sy 'ma ...'

'Tro fo drosodd, Wil.'

Fi'n ymafael yn dyner yn ei draed. Wil wrth ei ben

o. Bathodyn Ffiwsilwyr De Cymru. O'r nefoedd! Cyfog gwag a'r ddau ohonon ni'n fferru yn y fan a'r lle wrth i ymysgaroedd y truan arllwys allan fel perfedd mochyn ar y ffarm gartre. Finna'n suddo i 'mhenliniau a Wil yn dal i fagu ei ben o hyd, a chorff y creadur yn mynd yn llipa'n sydyn wrth i'w enaid o ymadael. Y ddau ohonon ni wedi suddo i'n gliniau – heb fwriadu hynny. Wil wedi estyn am ei bistol …

'Na, Wil. Does dim eisiau hynny, na phigiad hyd yn oed. Nid ni laddodd o, diolch i Dduw. Ond roedd o mor wan fyddai'r hen forffin wedi ateb y gofyn beth bynnag.'

'Chdi sy'n deud. Chdi dy'r corporal!'

Y ddau ohonon ni wedi ei gofleidio wrth iddo suddo. Meddwl ei osod yn dwtiach, ond yn methu rhoi trefn ar yr ymysgaroedd. Troi i gyfogi, fel arfer.

'Does ryfedd mod i wedi cael y fath drafferth i ddeud y cymal am 'Atgyfodiad y Cnawd' wrth adrodd y Credo byth wedyn.

Cael fy symud yn fuan wedyn i uned arall, ymhellach ymlaen. Roedd y ffos yn cael ei chloddio, â ffrâm bren tua phedair troedfedd o uchder ar yr wyneb, a thrwy honno risiau'n mynd i lawr i dywyllwch. Pan ges i fynd i lawr yno mi welais siafft tua phedair troedfedd

sgwâr, ac uwch ei phen roedd yna winsh a rhaff drosti.
Roedd y siafft yn mynd i lawr yn is, ac wrth imi geisio
treiddio fy llygaid i'r dyfnder dyma law ar fy ysgwydd.

'Easy now, it's a dangerous place.'

Roeddwn i'n weddol sicr mai Cymro oedd y dyn yn
ôl ei acen, a mentrais ei gyfarch yn Gymraeg.

'Cymro?'

'Ie, reit i wala. Cymro wy' i, o Gwm Tawe. Haydn
Davies. Ac o ble y'ch chi?'

'Sir Gaernarfon. Dydach chi ddim mewn gwisg
soldiwr'.

Roedden ni'n ysgwyd llaw.

'Na, glöwr wy' i. Ni 'di gofod dod mas 'ma i godi'r
siafftie 'ma, fel ni'n gwneud gartre – yn y pylle glo.
Wyt tithe ddim yn cario arfau'?

'RAMC – Royal Army Medical Corp.'

Sylwais ar y fidog yn ei law. Sylwodd yntau ar fy
llygaid i, ac esgus fy mygwth.

'Paid poeni, fach'an. 'Da hwn ry'n ni'n gofod
cloddio'r clai o'r twneli.

Gei di weld y gwaith cyn bo hir.'

Ddiwrnod wedyn mi ges i glywed fod Haydn wedi
cael ei glwyfo, ond yna daeth y newyddion mai 'anaf
cael mynd adref' oedd o; ddim yn angheuol ond yn

ddigon iddo gael gadael yr uffern ar ddaear yma.
Diolch i Dduw mai efo'r RAMC roeddwn i. Cael
helpu meddygon a nyrsiau arwrol i drio trwsio cyrff y
dioddefwyr a lliniaru eu poenau. Fuaswn i 'di rhoi'r
byd am gael bod yn un ohonyn nhw rŵan, neu gael
mynd yn feddyg os do' i drwy'r drin yma.

Wedi'r holl flynyddoedd, yr hen fwd 'ma sy'n dŵad
â'r holl beth yn ôl. Treasa sydd fwyaf awyddus i gael y
lloches yma, dim ond oherwydd i ambell awyren fynd
draw tua'r Fali. Ac mae Alwyn yn mwynhau hwyl a
miri'r cloddio. Fydd o'n ôl cyn bo hir. Ond mae'n bryd
imi gael sbel fach. Troi, a dyrchafu'n llygaid dros Ynys
Tysilio ac Ynys y Gorad i'r mynyddoedd. 'O'r lle y daw
fy nghymorth ...' Mae eisiau diolch mod i'n rhy hen
i fynd i'r rhyfel yma ac Alwyn yn rhy ifanc. A'r rhyfel
fues i ynddo fo i fod i roi diwedd ar bob rhyfel! Bron
na fedra i weld yr hen gartref, wrth droed yr Wyddfa,
lle'm magwyd i gan Nain.

    Bydd raid esbonio'r sefyllfa i Alwyn bach ryw
ddydd: Nain yn gwrthod gadael i Nhad briodi Mam
am ei fod o'n rhy dlawd, a nhwythau'n gorfod dengyd
i ardal Llangefni a finnau ar fy ffordd. Ac yno ces i
'magu am y misoedd cyntaf, cyn i Nain gael fy ngweld
i a difaru'i henaid, a mynnu fy mod yn byw efo hi

a'r ddau ewythr y rhan fwyaf o'r amser, a'm mrodyr a'm chwiorydd i gyd yn cael eu geni a'u magu yn y Felinheli.

Cael fy nifetha'n lân gan Nain, er imi ei phechu hi'n ofnadwy pan wisgais lifrai.

Sir Fôn wedi bod yn lloches i minnau, pan es i i'r Borth yn ddisgybl-athro. Mor anodd ydy dirnad pam y penderfynais i listio yn y fyddin wedyn, a finna'n casáu cwffio cymaint, heb sôn am ryfela. Pwysau'r hogiau eraill, mwn, a rhybudd 'mrawd Dic ei fod o'n meddwl mynd. Ofn am fy mywyd … ond â rhyw barch at fy nghyd-ddyn. Cael rhyw fath o ateb yn y diwedd, wrth ymuno heb orfod cario arfau – ac yn y diwedd llwyddo i ymuno efo'r RAMC, a chael cludo stretsier yn hytrach nag arfau.

Un bore Sadwrn roedd yna barêd ffurfiol yn ôl yr arfer, a chyfle tybiedig i gyflwyno unrhyw gŵyn i'r awdurdodau. Wel, mi aeth Lewis ymlaen. Dau gam a sefyll yn stond a chlicio'i sodlau, fel roedd o i fod i'w wneud. Mi gafodd y rhingyll bach ei syfrdanu, a baglu dros ei eiriau wrth ofyn beth oedd Lewis eisiau.

'I want to see the officer-in-charge.'

'What for, what for?'

'I have a right to see him.'

'But what for, tell me?'

Roedd ei lais yn llai ymosodol wrth iddo rythu i wyneb Lewis, oedd tua chwe modfedd yn dalach na fo.

'Well, if you must know: we are Welsh Christians, from good homes, and we are not used to such coarse language and swearing as you use. And some of us intend to enter the Christian ministry.'

'Nonsense. You're in the army now, and you'll have to get used to swearing specially when you're on the battlefield ...'

Ddwedodd Lewis ddim byd, dim ond sefyll yno'n stond, yn llonydd ac yn urddasol. Doedd gan Fred Hutton ddim syniad beth i'w wneud o'r sefyllfa, a gwgodd ar y gweddill ohonon ni, oedd yn hollol ddisgybledig ddifynegiant. Doedd gan y Cesar bach ddim dewis ond ymddiheuro.

'Well, if I've got a crowd o' ninnies on my hands, I'll have to try to keep a lid on my swearing. Will that do?'

Oedodd Lewis, a phawb yn ansicr beth oedd o'n debyg o'i wneud. Yna mi gamodd yn ôl i'r rheng. A dal i sefyll.

Cymerodd Fred fod hyn yn rhyw fath o gydsyniad, ac anadlodd anadl yn ddwfn a diolchgar.

'Away with you! ... Dismiss!'

Gwyliodd o ni'n ymrannu, gan ddisgwyl ac ofni y byddai yna grechwenu. Wedyn mi ddaeth i chwilio amdana i, a chael hyd imi ger y barics.

63

'Corporal Davies! A word – back in the office.'

Roedd ei acen Saesneg Sir Gaerhirfryn yn dewach pan oedd o'n siarad yn weddol dawel. Aeth ymlaen tuag at y tai bach. Doedd o ddim yn ei swyddfa pan gyrhaeddais i yno, ond roedd y drws ar agor led y pen. Sefais yn stond yno. Ar y wal dde gwelwn lun o'r Brenin Siôr. A geiriau o'i amgylch, uwch ei ben: **The Visible Symbol of our Unity, the Centre of All our Loyalties.** Dyna bobl od ydy'r Saeson, yn hawlio 'u bod nhw'n ganolbwynt y byd. Roedd hwn yn fy nharo innau a fy nghyd-wladwyr yma fwyfwy bob dydd. O dan lun y brenin, wedyn, wrth ei ddesg roedd yna lawer o eiriau, ond y cwbl y medrwn i ddarllen yn hawdd oedd: **Ever Rendering 'Devoted Personal Service' to the Empire: His Majesty the King Busy writing in Buckingham Palace.** Roedd bod yn lluoedd arfog Prydain Fawr yn troi pobl fel fi yn Gymry gwlatgar iawn.

Teimlais gryndod yn mynd drwof at yr holl ryfyg. Be ddiawl oedden nhw'n wneud yma, yn weision bach i'r Saeson?

'Come in, Davies.'

Roedd o wedi cyrraedd. Dilynais y rhingyll i'r swyddfa fewnol, saliwtio a chau'r drws. Sefais o flaen y ddesg lle'r aeth y rhingyll i eistedd.

'You're a Welshman, of course, but not like these chapel people. C of E. Just like the rest of us. But you're

64

a bit of an odd bod too. I've never heard you swear. You must be the only bludy corporal in the British Army who doesn't. Don't you ever feel like letting off steam? No? ... Strange. Must be the way you're brought up. But you seem to manage the men alright, so you'll do ... You'll be a full Corporal from now on, not a Lance one. Off you go!'

'Thank you, Sergeant-Major.'

12. Elin

Os oedd yr ystafell anatomi yn hunllef deilwng o Heronymus Bosch, roedd yna elfennau eraill yn Nulyn oedd yn codi calon dyn. Cael mynd draw at Nana ambell ddydd Sul a mwynhau'r darten afalau efo clof ynddi, peth wmbredd o gig a photeli o Guinness. Dysgu mwynhau'r baddonau Twrcaidd yn Sgwâr Merrion lle bu Oscar Wilde yn ymdrochi yn y mwd! Ond yn bennaf y theatrau: Theatr yr Abaty yn gwneud yn fawr o weithiau Seán O'Casey. Un noson mi es i weld *Shadow of a Gunman* a chael fy hun yn eistedd yn y sedd nesaf at docynnwr bws oedd wedi dod i'r theatr yn syth o'i waith, efo 'i fag pres a'i het big gloyw. A phan ddôi ambell linell wladgarol o enau'r actorion, mi godai ar ei draed a bloeddio'i gymeradwyaeth. Theatr fyw yn wir!

Rhyfeddod arall oedd dydd Gwener! I rywun fel fi oedd yn tueddu i fwyta ond ychydig o gig, roedd arferion y Gwyddelod bryd hynny yn sioc fawr. Doedd gan Babyddion ddim hawl i fwyta cig ar ddydd Gwener, felly fydden nhw ddim wedi cael cig moch neu selsig i frecwast, na chig gyda'u cinio ganol dydd. Erbyn gyda'r nos roedden nhw'n awchu am gig ac weithiau'n mynd yn flin o'r herwydd. Byddai llawer o bobl yn aros tan hanner nos, gan fynd i lefydd bwyta tua chwarter i ddeuddeg i archebu pryd o fwyd â stêc neu olwyth neu beth bynnag – ond ei fod yn gig. Ac ar daro hanner nos fe agorai drysau'r ceginau a deuai gweinyddion allan efo plateidiau o gig.

Yr hyn oedd yn fwyaf amlwg oedd hwyl y bobl, yn mwynhau bywyd, yn ffraeth a goddefgar. Ac roedd crefydd yn bwysig iddyn nhw. Weithiau roedden nhw'n swnio braidd yn gul, er bod yna sensoriaeth ar y sinema, doedd hynny ddim yn wir am y theatr. Fodd bynnag, roeddwn i a fy nghriw yn medru mynd i glwb ffilm ar bnawn Sadwrn a gweld pob math o ffilmiau, yn enwedig gweithiau'r *Nouvelle Vague* Ffrengig a ffilm Ingmar Bergman – *Mefus Gwylltion* sawl tro. Ambell nos Sul mi fyddai yna'r pregethau dau bulpud yn yr Eglwys Iesuaidd yn Sgwâr Mountjoy, efo lladmerydd Duw yn dadlau efo lladmerydd y diafol! Dros beintiau yn McDaid's wedyn mi fydden ni'n traethu'n awdurdodol a hunanbwysig am y byd a'i bethau, er mawr ofid i ambell greadur hŷn a mwy profiadol ym mhethau'r hen fyd yma. Ymlaen i fflat Nuala ar ôl amser cau, a malu awyr am oriau meddw gan geisio trafod pob 'Pam?', 'I be?' ac 'I ble?' bywyd, problem poen a dioddefaint, a'r gwrthdaro rhwng ewyllys rydd a rhagarfaeth. Gwyn ein byd! Doedden ni ddim yn gwneud dim byd newydd, dim ond ailadrodd dadleuon pobl ddeallus drwy'r oesoedd. Er bod y ffaith fy mod yn 'studio meddygaeth, i fod, yn golygu bod y lleill yn disgwyl i mi fod â gwybodaeth a barn arbennig ar ambell bwnc, megis dioddefaint y diniwed, ond roeddwn i'n ceisio bychanu fy ymwneud â'r byd yna. Roedd y cwrs yn troi arnaf, yn hollol anghyson â fy holl anian, ac roeddwn yn dyheu am gael astudio rhyw bwnc mwy creadigol fel yr oedd gweddill fy nghriw.

Wrth i mi ymdoddi i'r criw celfyddydol a theimlo'r her o fod yn awtodictat go iawn, daeth awydd mawr arnaf i ymneilltuo oddi wrth y cwrs meddygol yn llwyr a throi at gwrs celfyddydol, er mor anymarferol oedd y syniad. Yng Ngholeg y Drindod roedd yna un nodwedd iach iawn: roedd myfyrwyr meddygol a gwyddonol yn gorfod dilyn cwrs llenyddol yn ogystal â'u prif gwrs, a myfyrwyr y celfyddydau yn gorfod dilyn cwrs ar Hanes Gwyddoniaeth. Y Theatr yn Oes Elisabeth oedd y cwrs gefais i, ac roeddwn yn ei fwynhau'n fwy na'r rhelyw o'i gyd-fyfyrwyr meddygol. Ond doedd hynny ond yn hogi fy archwaeth at y celfyddydau, ac aeth hwnnw'n fwy fyth o awch pan ddechreuais astudio bacteria dan y microsgop, heb fedru gweld y diawliaid yn iawn nac ymddiddori ynddyn nhw.

Dechreuodd pethau fynd o ddrwg i waeth: gwrthdaro enbyd rhwng yr hyn a ddisgwylid gennyf ac fy anian fy hun. Cefais hunllefau erchyll, yn aml wedi eu lleoli yn yr ystafell anatomi, a Séamus a'i griw yn ysbrydion aflan, a'r microbau bychain patholegol yn cropian ar hyd fy nhgorff.

Dechreuais golli darlithoedd a sesiynau yn y labordai ac ati, a chrwydro'r ddinas a'r wlad o'i chwmpas. Roedd bod yn rhan o'r criw oedd yn actio ac yn astudio llenyddiaeth a chelfyddyd yn ategu fy ymwybyddiaeth o fy niffyg diwylliant, Awtomaton oedd y cwrs meddygol yn ei greu, ond roedd yna elfen greadigol anorthrech ynddo i, fel roeddwn i'n gwybod.

Ambell waith, ar ddiwrnod braf cofiaf fynd â llyfr efo fi i'r bryniau o gwmpas Glencullen a darllen a dysgu. Astudiais chwedlau Thebae ar bnawn o'r fath. Ac mi ddarllenais lenyddiaeth Gymraeg hefyd: Kate Roberts, Gwenallt, Waldo a Saunders. Ond roedd y gwrthdaro yn fy mywyd fel myfyriwr yn gwaethygu'n arw.

Yn y diwedd, fe dorrodd rhyw argae. Es i ddim ar gyfyl y coleg a chysgais weithiau yn fflatiau ffrindiau, ac ambell waith mewn bath yn un o ystafelloedd myfyrwyr yn un o'r ysbytai, efo blancedi oddi tanaf yn ogystal â throsof. Am gyfnod wyddai neb gartref am hyn.

Ond cafodd 'nhad lythyr gan Ddeon y Gyfadran Feddygol yn gofyn ble roeddwn. A fonto, druan, yn dŵad drosodd i Ddulyn at Nana ac at y Deon heb gael gwybod dim. Clywais fod fy 'nhad wedi cysylltu efo'r Gardai rhag ofn fy mod wedi cael damwain neu rywbeth. Ond daeth achlust o hynny ataf a bu raid penderfynu cysylltu â fo. Cefais afael arno yng nghartref Nana, a threfnu i gyfarfod yn hen dafarn Keho's. Yn rhyfedd iawn, doedd 'nhad ddim yn ymddangos yn flin, er bod golwg guriedig arno. Fe fuom yn trafod a dadlau am dros awr a hanner, efo 'nhad yn ceisio dangos nad oedd unrhyw ffordd arall allan o'r cyfyng-gyngor ond trwy fynd yn ôl i'r cwrs meddygol, cael y grant yn ôl gan yr Awdurdod Addysg Lleol, a chael cyfle i newid cyfeiriad a hyd yn oed gyrfa a ffordd o fyw ar ôl graddio. Doedd gennyf fawr o ddewis, o ystyried fy sefyllfa, ond yr hyn a gariodd y dydd oedd 'nhad yn llefain dagrau a'i wefusau'n crynu fel roedden nhw adeg y gwrthdaro erchyll cyn mynd i'r Chweched Dosbarth. Bu'n rhaid dod i delerau â'r sefyllfa, gan gytuno i orffen y cwrs ond gyda'r addewid y cawn fendith 'nhad os byddwn yn dewis gadael meddygaeth wedyn. Syniad gwallgof, fel y sylweddolai 'nhad, gan y byddai cyflog meddyg yn denu dyn ifanc, hyd yn oed un rhamantus fel fi.

Ac felly y bu, wrth gwrs, ond bod yna gatalydd

wedi dod i'r sefyllfa yn y man, gan weddnewid popeth, sef Elin.

Dwi'n cofio'r noson yn McDaid's ar y nos Fercher ar ôl gorffen yr ail MB. Wedi hen arfer mwynhau'r hen ddinas fel oedolyn, ar ôl yr holl ymweliadau gynt i weld Nana. Y criw arferol yno heno, ac yna mi ddaeth hi i mewn. Gweddol dal, efo gwallt tonnog a chyrliog wedi'i gerfio, megis, ar ei phen; aeliau tywyll, amlwg, ceg chwareus a llygaid oedd yn dawnsio, er eu bod fymryn yn ansicr wrth iddi ddŵad i mewn. Clywais hi'n gofyn am hanner peint, a nabod acen Gymreig, er nad o'r gogledd. Cyn pen dim, roeddwn wedi closio ati a holi 'Cymraes?' Trodd ataf yn gyfeillgar, a gwelais mor wyrdd oedd ei llygaid, a mirain ei thrwyn. Roedd ganddi glustiau bach twt, yn glòs at ei phenglog. A dwylo synhwyrus.

Doeddwn i ddim wedi cael llawer o gwmni Cymry ers i Rhys orffen ei gwrs, a doedd gennyf fawr o ddiddordeb yn y Cymry alltud oedd yn ymgynnull i ganu a chanu a chanu … a siarad am rygbi.

Roedd hi wedi dŵad i mewn ar ôl clywed am y lle gan rywun gartref oedd wedi astudio yn Nulyn ac roedd hi'n cymryd at y lle yn syth. Darganfod y clwb ffilmiau lle dangosid gweithiau'r *Nouvelle Vague*

Ffrengig yn Drumcondra, wedyn dros yr afon, mynd â hi i sesiynau canu gwerin cynnar y Dubliners yng nghaffi Gais, a mynd am dro drwy fryniau Dulyn i Glencullen ar ddydd Sul, cyn dŵad yn ôl i McDaid's. Doedd hi ddim yn swil, nac yn hy. Roedd hi wedi gwneud ei gradd mewn hanes yn Aberystwyth, ac wedi dŵad draw i wneud diploma mewn gwaith cymdeithasol. Rhyfedd fel yr oedd ein teulu ni ynghlwm i ryw raddau efo Iwerddon yn ogystal â Chymru.

Druan ohoni, mi wnes i dipyn o newidiadau i'w chynlluniau! Ond bellach, hi yw fy Elin i!

Rhyfedd hefyd fel yr oeddwn i wedi medru ymddiried ynddi hi yn syth, cyfaddef mod i'n casáu'r cwrs – bron â chyfogi wrth ddyrannu'r cyrff yna oedd yn drewi o fformaldehyd, yn ei chael hi'n anodd a diflas trio gweld rhyw facteria bach trwy'r microsgop, ac yn waeth na dim teimlo nad oedd y cwrs yn gydnaws efo fy anian i. Roedd hi wedi dirnad y cyfyng-gyngor yn syth bìn: p'run ai rhoi'r gorau i'r cwrs neu raddio a gweld beth fedrid ei wneud wedyn. Ond, er ei bod yn medru breuddwydio am bethau gwych, roedd ei thraed hi yn sownd ar y ddaear.

Haws dweud na gwneud, wrth gwrs, oedd ei hateb i'r syniadau gwyllt am newid cwrs ar ôl graddio ac ati. Ac o'm safbwynt personol i, roedd blynyddoedd cerdded y wardiau yn ddigon difyr, ac yn gyfle i ymwneud â phobl. Ond doedd fawr ddim gwyliau erbyn hynny i fyfyriwr meddygol. Ond, diolch i'r drefn, roedd Elin yno yn ystod tymhorau'r coleg. Roedd hi wedi tyfu'n ganolog i fy mywyd. I ddechrau, roedd hi'n ddeniadol ei golwg: pen Silwraidd, gwallt tonnog du, llygaid gwyrdd a chorff athletaidd. Ac roedd ei thafodiaith gyfoethog, bêr Cwm Tawe yn fy nghyfareddu. Mi adferodd hi fy hunanhyder, a chadarnhau fy awydd i ymserchu ym myd y celfyddydau, er fy mod yn gorfod cwblhau'r cwrs meddygol. Roedd hi'n pontio'r un bwlch mewn ffordd, wedi astudio hanes a hefyd, actio a chymryd rhan mewn gwahanol ddigwyddiadau diwylliannol yn y coleg, ac yna troi at waith cymdeithasol. Byddwn yn adrodd cerddi Cymraeg Gwenallt a Parry-Williams wrth grwydro Parc Steffan, ac roedd hi'n medru dal ei thir efo fy nghyfeillion Gwyddelig yn eu gwybodaeth o ddiwylliant Iwerddon a'i chariad ato. Roeddwn i'n ei dysgu hi am hanes Iwerddon, gan ddangos iddi'r olion a'r cofebau oedd ar wasgar hyd a lled y wlad. Mi aethon i arddangosfa gyntaf, arloesol yr Artistiaid Unedig, a chyflwynais hi i fyd Gáis a'r *Dubliners*. O edrych yn ôl, mae'n amlwg iddi benderfynu y byddai'n fy mhriodi yn y diwedd, ond heb fy sicrhau o hynny rhag colli'r chwedleua.

Mi welodd hi'n eglur nad oedd ffordd hawdd allan

o'r picl roedd y ddau ohonom ynddo, er iddi ffieiddio at yr hyn roedd 'nhad wedi'i wneud i mi, ond heb iddi gyfarfod y dyn o gwbl cyn diwrnod y briodas anodd yng Ngwauncaegurwen. Doedd hi ddim yn rhamantydd, a gwyddai'n iawn nad oedd gobaith iddi hi a mi osgoi ein cyfyng-gyngor a ffoi i fyd arall i'r un a fyddai'n rhaid i ni orfod gwneud y gorau ohono rywsut.

Yn ei chynlluniau hi, roedd rhaid i mi raddio, ac mae'n siŵr y byddwn yn ymarfer fel meddyg am gyfnod o leiaf, yn enwedig os deuai plant i'n rhan. Wedyn, pwy a ŵyr. Mi fyddai hi'n fwy na bodlon mynd allan i weithio'n llawn amser pan fyddai'r plant i gyd yn yr ysgol! Peth rhyfedd ond gogleisiol oedd cynllwynio fel hyn! Efallai y byddai wedi ymgymhwyso'n gyfreithiwr wrth fagu'r plant! Câi dâl da am hynny, a phleser diddiwedd.

Gwridai pan feddyliai fel hyn, fel cynllwyniwr, ond feiddiai hi ddim datgelu popeth i mi. Roeddwn i dal braidd yn fregus o gael fy ngorfodi'n ôl i'r byd meddygol. Ond roedd hi wedi ymrwymo i mi beth bynnag a ddôi, ac mi wyddwn i hynny.

13. Dal Ati

Roedd colli Treasa wedi hollti fy mywyd. Er hynny, yn sgil y golled fe ddaeth ychydig o heddwch a finnau'n cael eistedd yn dawel o dro i dro yn mwynhau wisgi bach efo diferyn o ddŵr poeth ynddo – rhywbeth roedd Nana'n meddwl oedd yn ddoniol tu hwnt. Hen bryd imi fynd draw yna.

Chwarae teg i'r Deon am sgwennu ata i. Alwyn yn dal ati, ac yn ddisglair pan mae o'n trio. Erbyn iddo raddio mi fydd wedi cael blas ar feddyga – ac mi fydda i'n tynnu am oed yr addewid. Mae'r Elin yna wedi bod o fendith, yn ei rwymo i'r cwrs a'r proffesiwn, ac yn gweld ei chyfle i fod yn wraig meddyg.

14. Teulu

Daeth dydd y graddio, a 'nhad yn cael gorfoleddu. Nana efo fo, ac Elin a finnau'n cwblhau'r pedwarawd. Elin a minnau'n cyhoeddi ein bwriad i briodi dros bryd bach wedyn yn y Paradiso. Cael swydd yn Abertawe fel meddyg tŷ ac aros yn y fflat ar gyfer y swydd. Roedd y briodas yn achlysur hwyliog iawn: rhieni Elin yn annwyl a chwareus, 'nhad wrth ei fodd efo mab o feddyg. Sôn yn rhamantus am ailgyfeirio fy ngyrfa. Ond daeth Nerys ar ein traws, a Siôn wedyn, ac yna Catrin. Roedd hi'n anodd disgwyl i Elin weithio i helpu fy nghynnal i pan fedrwn i ennill arian da fel meddyg. A dyna sut y llithrodd pethau, i fywyd teuluol hapus, a goddef bod yn feddyg.

Rhyfedd, wedyn, er inni benderfynu ceisio peidio dylanwadu ar y plant o safbwynt gyrfa, i'r tri ddewis ymwneud â sgwennu, fel awdur ac fel newyddiadurwyr. Roedd fy llwyddiant yn y gwaith yn arwain at fwy a mwy o waith a gwaith caletach, mwy cyfrifol. Elin yn heneiddio, yn cael dipyn bach o broblem efo'r newid bywyd, ond yn goresgyn pob anhawster: fy anwadalwch i ar brydiau, gofid fy mod yn gorweithio, fy ansicrwydd am fy ffydd o bryd i'w gilydd, tra oedd hi'n glynu'n dynn at ei ffydd hi.

15. Erchyllter

Hwn fydd y tro cyntaf imi orfod mynd allan ar fy mhen fy hun. Arwr yn mynd i achub cydymaith o falltod y drin erchyll yma. Digon tawel i mi fentro draw i weld oes yna rywun allan yna, a does uffar o ots gan y rhingyll dirmygus yna ... Mwy na bodlon gadael imi fynd ar fy mhen fy hun ...

Ar hyd y tir neb diffaith, brawychus o ddistaw. Rhywbeth fan'cw ... Cysgod yn caledu. Corff mewn lifrai budr, yn llonydd, llonydd.

'RAMC. Gad i mi weld ...'

'... Ich bien Deutsch ...'

Almaenwr, myn diawl! '... Ich bien Cymro – Welsh ...'

Druan, weli di fyth Deutschland eto. Gad imi roi pigiad i ti i leddfu mymryn ar dy ing ... 'Na fo. Fyddi di fawr o dro. Gei di ffoi o'r lle dieflig yma ... a chyrraedd lle gwell, gobeithio. Duw a fo drugarog. Ti'n suddo, druan ... Tyd i 'nghesail i.

Ein Tad, yr hwn wyt yn y nefoedd
Sancteiddier dy enw,
Deued dy deyrnas, bydded dy ewyllys
ar y ddaear megis y mae yn y nefoedd.
Dyro inni heddiw ein bara beunyddiol
A maddau i ni ein dyledion
Fel y maddeuwn ninnau i'n dyledwyr
Ac nac arwain ni i brofedigaeth
Eithr gwared ni rhag drwg;
Canys eiddot ti yw'r deyrnas,
A'r gallu a'r gogoniant,
yn oes oesoedd.
Amen.

Vater unser, dêr Du bist im Himmel,
geheiligt werde Dein Name
Dein Reich komme, Dein Wille geschehe
wie in Himmel, so auch auf Erden.
Unser tägliches Brot gib uns heute
Und vergib uns unsere Schuld
wie auch wir vergeben unsern Schuldigern
Und führe uns nicht in Versuchung
sondern erlöse uns von dem Bösen
Denn dein ist das Reich
und die Kraft und die Herrlichkeit
in Ewigkeit
Amen.

"Na chdi. Gorffwys mwyach. Heddwch i dy ...'

Oes raid imi orfod cofio'r hen bethau erchyll yna o hyd? Yr unig ateb ydy'r hyn ddigwyddai ambell waith yn y ffosydd, molchi mewn dŵr – dŵr diawledig o oer, ond dŵr gweddol lân. Neb yn dallt pam 'mod i'n dal i gymryd bath oer, ond dyna fo.

Mae Alwyn yn prifio'n gyflym. Yn mynd yn gyfaill yn ogystal â phlentyn. Fel brawd imi. Mae'n braf cael ei gwmni o, a dim ond fo. Pawb yn deud ei fod o'n hogyn clên, annwyl, addfwyn, na frifai o neb. Dyna pam dydy o ddim yn hoff iawn o bêl-droed ac ati. Mae o'n licio helpu pobl, chwarae teg ... Peth braf ydy bod yn dad, ac iddo yntau gael mwynhau cael tad – un sy'n medru rhoi ei holl sylw iddo fo; rhywbeth gollis i gymaint wrth fyw efo Nain ... Llun da ohonon ni dynnodd Ifan; ni'n dau, a finnau â 'mreichiau am ei sgwyddau o.

Weithiau mi fyddwn i'n cael treulio rhyw ddiwrnod neu ddau efo'r teulu yn y Felinheli, ond roeddwn i'n tueddu i fod yn eiddigeddus o'r lleill, yn enwedig ar ôl cael bod yno i ginio Sul. Pawb o gwmpas yr harmoniwm, Megan yn cyfeilio a 'nhad yn arwain y canu, efo'r llais anfarwol yna oedd fel eos. Y llais yna lwyddodd i'w symud o o'r chwarel i swydd cyfrif llechi ar y cei, a chael tŷ braf yn rhad, er mwyn iddo arwain côr yr eglwys breifat i'r sgweier. Does ryfedd fod pobl yn meddwl fod eglwyswyr yn byw yng nghysgod y plas.

Ond fi piau Alwyn – a fonta piau fi!

Roedd Alwyn bach yn poeni dipyn am ei fam yn gorfod mynd yn ôl a blaen i'r ysbyty 'na byth a beunydd, ac yn ei gweld yn dirywio. Anodd cofio'r ferch efo'r cart a cheffyl godod ei chwip yn bryfoclyd arna i pan welais i hi gyntaf, yn carlamu heibio rhyw bnawn Sadwrn ger Moel-y-don, ger y Faenol. Roedd hi'n hardd, ac o gwmpas ei phethau bryd hynny. Ar ôl y wasgfa yna y dechreuodd pethau fynd ar chwâl, a neb yn siŵr pam. Colli arni'i hun ryw noson, ac Alwyn yn ein clywed ni wrthi, a hithau'n camu allan i'r nos a chlepian y drws.

Doeddwn i ddim yn siŵr a ddylwn i ddeud wrtho

fy mod i'n gorfod mynd i chwilio amdani neu be ...
Ond, drwy drugaredd, mi ddaeth hi'n ôl, a mynd
yn syth i'r gwely. Anodd iddo ddallt beth sydd arni,
a chofio'n wir nad ydy'r meddygon wedi datrys yr
aflwydd eto. Ond mae o'n prifio a bydd yr ysgol fawr
o'i flaen y flwyddyn nesaf.

Mi fydd yn ddeuddeg ddydd Mawrth nesa! Mi dwi
'di bod yn meddwl: mi bryna i set gemeg iddo fo. Mi
fydd raid iddo wneud cemeg. 'Na nhw: 'i sgidia fo'n
sgleinio fel grât Nain.

Rhaid imi fynd â blodau ar y bedd. Treasa druan.
Duw a ŵyr beth oedd yn bod arni. Un ohonyn nhw'n
dal i amau fod yna ryw dyfiant ar yr ymennydd nad
oedden nhw'n medru cael hyd iddo.

Cofio'r tro diwethaf un. Rhythu ar ei chorff
diffrwyth, llonydd, ond y cof am y tro cyntaf yn
mynnu ymrithio i'r meddwl, y wefr a'r rhyfeddod
o fod mewn cariad. Methu dirnad beth oedd wedi
digwydd imi: y dyn ifanc syber – yn ôl pob sôn. Fi'n
gymharol hen ar ôl bod yn y rhyfel, a hithau'n ferch
ifanc hardd, ddireidus. Yr union beth ddisgwylid o
Wyddeles.

Cofio'r holl hwyl a'r sbort, y dysgu dawnsio,
cerdded yn y wlad a chael picnic, mynd at y ffrindiau

ym Mrynsiencyn i chwarae tennis ... Ambell
brofedigaeth, ond hwyl yn bennaf, yn enwedig cael
Alwyn ar ôl y golled gyntaf honno. Y fath bryder a
disgwyliadau'r ail waith, ynghlwm wrth ei esgor o.

Mor hardd oedd hi yn y gwely yn cofleidio Alwyn
bach. Popeth yn berffaith. Ein perthynas briodasol
wedi ei chyflawni, rhannu gobeithion ac ambell
uchelgais dros y mab bach – nes iddi gael ei tharo ...
Ond hebddi fuasai yna ddim Alwyn. A phetai hi wedi
bod yn iach, hwyrach y buasai Alwyn yn fwy bodlon
gwrando ar ei rieni.

Beth petai hi erioed wedi dwâd draw i Fôn at
ei pherthnasau, a 'nghyfarfod i? Aros yn Nulyn
er gwaetha'r Rhyfel Cartref. Melltith o beth, ar ôl
brwydro mor wrol i gael eu rhyddid, a Lloyd George yn
hollti'r wlad. Beth oedd arno? Hen brifathro Bangor,
Harry Reichel, yn methu'n dallt ni, criw o heddychwyr
wedi dychwelyd o'r rhyfel a chymryd Cyngor y
Myfyrwyr drosodd, yn sgwennu at Goleg Prifysgol
Dulyn i gydymdeimlo pan ddienyddiwyd Kevin Barry
gan ein hochr ni. Ia, ein hochr ni!

Cofio rŵan: Wil yn sibrwd un noson yn y ffosydd fod
rhywbeth mawr wedi digwydd adeg y Pasg yn Nulyn.
Sensoriaid yn cadw'r newyddion oddi wrthon ni. Ond

roedd rhyw grydd o Aberdyfi wedi bod yn gofalu am Willie Redmond, un o'r cenedlaetholwyr Gwyddelig cymedrol oedd yn cwffio efo ni am fod Lloegr wedi addo ymreolaeth iddyn nhw ar ôl y rhyfel, fod hwnnw wedi clywed fod gwrthryfel wedi digwydd. Mi roedd o'n marw ym mreichiau'r crydd, ond wedi cael gwybod rywsut am y digwyddiad.

Ninnau'n trafod pethau ymysg ein gilydd, mewn sibrydion pan nad oedd 'na swyddog na Sais ar gyfyl y lle. Y rhan fwyaf ohonon ni'n anghytuno efo dulliau gwrthryfel fel yn achos unrhyw ryfel, ond yn cytuno efo amcanion y Gwyddelod, ac yn edmygu eu gwroldeb. On'd oedd pobl wedi dweud na fuasai Lloegr yn cadw'i gair ynghylch ymreolaeth, yn enwedig ar ôl i'r F. E. Smith yna o ogledd Iwerddon gael mynd i'r Cabinet Rhyfel. Roedd o'n gwbl elyniaethus i bopeth Gwyddelig.

Does rhyfedd nad oedd Harry Reichel yn ein dallt ni! Ac mi ges i'r lwc a'r anrhydedd o gynrychioli Cyngor Myfyrwyr Bangor yng ngŵyl flynyddol Coleg y Brifysgol, Dulyn. Roeddwn i wedi gwirioni ar y ddinas.

Ochenaid ddofn, a distawrwydd. Ymlusgais fel madfall yn y llaid tuag at y sŵn. Doedd gennyf ddim

stretsier gan mai dŵad yn ôl yn llechwraidd o'r ysbyty maes agosaf roeddwn, efo rhwymynnau ac eli neu ddau … Ochenaid arall, hir, ingol. Roedd o'n agos. Closiais at y sŵn, a bwrw yn erbyn corff.

'RAMC.'

'I'm a gonner, mate.'

Llewyrchais fy fflachlamp am eiliad, a'm dwylo wedi eu cwpanu o amgylch y golau rhag dangos dim i'r gelyn. Bu bron i mi lewygu unwaith eto. Doedd dim corun i ben y creadur tlawd, ac roedd un llygad yn hongian ar draws ei foch. Ymaflodd yn fy llaw.

'Help me.'

'Wna i ngora. Hold on.'

'Shoot me, Taff.'

'Can't mate. I don't carry arms – RAMC.'

'I've got one.'

Roedd ei lais yn pylu.

'Sorry – can't kill anyone. But I'll kill the pain for you.'

Wylodd y creadur yn hidl am ennyd nes iddo golli'i lais yn llwyr wrth i mi roi pigiad o'r morffin lliniarol iddo. Es i grio efo fo, a'i gofleidio'n dynn, gan sylweddoli bod y llygad rhydd yn gorwedd rhwng eu cyrff clo.

Yn araf, yn ysbeidiol i ddechrau, edwinodd yr anadlu, ac yna aeth y corff yn llipa'n sydyn. Cofleidiais o'n dynnach am ennyd, cyn ei ollwng i orwedd ar ei gefn, ei lygad rhydd fel un gorgon yng nghanol cybolfa ei ymennydd a'i wallt.

Byddai rhaid dŵad yn ôl efo rhywun arall i'w gyrchu a chladdu'r gweddillion truain dan drueni daear.

16. Diolchgarwch

Am ddiwrnod, y diwrnod hynod ac unigryw hwnnw o hydref, roedd pethau'n berffaith. Roedd natur ei hun yn dathlu hefyd. Finnau wedi dechrau agor fy llygaid ar y byd ar ôl y trafferthion efo fy nghalon. Meddygon a meddygaeth wedi fy ngwella! Be ddwedai Dad! Cael mynd am dro bob pnawn dydd Mercher erbyn hyn, ar ôl cwtogi oriau'r gwaith. Cael mynd ar hyd fy hoff gamlas oedd yn warchodfa natur ac Elin wrth fy ochr.

Mor wych ydy lliwiau natur pan mae ar fin marw. Sôn am frodwaith: heulwen hydref yn rhyfedd o gryf, a lliwiau'r dail yn brydferth tu hwnt ar hyd y gamlas; ffawydd a llwyfen a jacan. Rhai mor llachar â phlu'r ceiliogod hwyaid gwyllt oedd yn tindroi yn y dŵr. Gwyrdd a gwyn, melyn a rhwd, coch a gwinau, i gyd yn eu lle ac yn llonydd, ar wahân i ambell ddeilen a ymddatodai ei hun oddi wrth ei brigyn a llifo fel pluen eira i'r ddaear. Meddwl am gerddi Gwyn Thomas a Hart Crane. Y lle'n frith o wiwerod llwyd, piod a thitw. Ac yna, i goroni'r cwbl, glasydorlan yn gwibio'n llacharlas ar draws y gamlas a diflannu, fel seren wib.

Dechrau trafod y teulu, gan ymfalchïo'n blentynnaidd yn ein llwyddiant fel rhieni!

'Mae Geraint yn berffaith i Nerys – on'd ydan ni'n lwcus? Cymro glân, gloyw – ac yn medru cynnig gwaith i Lisa yn y wasg.'

'Ac yn eglwyswr! Fyddwn ni mor lwcus yn achos Siôn?'

'Mi fydd raid i ti ddechrau mynd eto'n rheolaidd – petai dim ond i ddiolch am …'

'Amdanat ti! Dwi'n gwneud hynny bob nos – diolch rywsut, i rywun … Duw mae'n debyg.'

'A Geraint yn gwneud rhywbeth tebyg i beth fasat ti 'di licio'i wneud. A Duw a ŵyr be wneith Catrin ar ôl bod rownd y byd!'

'Dwi'n gorfod derbyn yr hyn sydd wedi digwydd imi, neu faswn i ddim 'di dy gael di, na'r plant.'

'Trwy ddirgel ffyrdd mae Duw yn gweithredu! … A sôn am eglwys ac ati, mae'n bryd mynd â blodau ar fedd dy rieni gan ei bod hi'n ddeugain mlynedd ers i dy fam farw.'

Y ddau ohonon ni'n ddistaw weddill y daith. Mae'n rhaid mai ni oedd y cyntaf i gerdded y llwybr ers dyddiau gan fod y carped o ddail yn dal yn llachar felyn. Diwrnod neu ddau o law hydref a byddai'r dail wedi troi'n slwtsh diflas dan draed.

Dyna sut roedd popeth wedi newid efo'r pwl yna, a gosod y stentiau yn arterïau'r galon.

17. Gwastraff

Wedi anghofio be oeddwn i isio; 'di cofio ar ôl mynd yn ôl i lawr, ond ei golli o eto ar ôl dŵad yn ôl i fyny.

Mi stedda i fan hyn i gael fy ngwynt ataf, ar sedd yr esgus o dŷ bach efo'r clawr i lawr ...

Breuddwyd ryfedd neithiwr; maen nhw'n mynd yn fwy llachar, a finna'n cofio mwy ohonyn nhw ar ôl deffro. A neb imi sôn amdanyn nhw wrthynt. Ond mae 'nghof i'n dal yn rhyfeddol hefyd – am yr hen ddyddiau.

Mynd â'r creadur tlawd diweddara'na i'r geudy, Twm a fi, yn ei ddal o gerfydd ei benliniau. Cael y drafferth ryfedda i agor ei drowsus o a'i droi o wysg ei din at y drewdod. Dechrau'i blygu o, yn ei wendid enbyd – a lawr â fo, ar wastad ei gefn i ganol y carthion ffiaidd. Trodd ei wyneb o'n biws, a ninnau'n methu cael gafael yno fo, a'r carthion yn ymdreiglo i'w geg o wrth iddo foddi mewn cachu ...

Twm a fi'n cofleidio'n gilydd a beichio crio, cyn mynd i nôl un o bolion Haydn.

Y fath wastraff ar ddynoliaeth: doedd yr hogyn yna fawr mwy na dwy ar bymtheg.

Un tebyg iddo wedi dŵad i 'ngweld i'r diwrnod

o'r blaen, newydd gyrraedd ac yn llawn afiaith. 'Dad wedi esbonio imi nad ydy Ioan Fedyddiwr na'r Arglwydd wedi deud gair yn erbyn milwyr.'

Ymhen tridiau fuo raid ei ddal o, o amgylch ei frest, yn dynn, a chrio efo fo wrth i'r Swyddog Llawfeddygol Lloyd drychu'i goes dde fo dan y ben-lin. Ga'th o gynnig wisgi ond roedd o'n llwyrymwrthodwr, druan.

Be ar y ddaear wnaeth imi listio? Hogyn cefn gwlad, wedi dechrau ar yrfa fel disgybl-athro, ym Mhorthaethwy. Oedd 'na elfen o ofn, ofn anghymeradwyaeth pobl tuag at y rhai oedd yn aros adre. Gwrthwynebwr cydwybodol. Glywais i ddau hogyn ifanc yn cael eu sarhau ym Mangor am fod yn 'conshis', a neb yn gwrando pan ddeudon nhw mae gartref am seibiant o'r rhyfel roedden nhw.

Mi rydw i yn erbyn lladd yn sicr ... ac wedi gwirioni ar feddygaeth byth ers imi wylio Mam yn cael triniaeth canser, a'r holl ofal, er iddi fethu dŵad drwyddi. Faint o hynny yrrodd fi i Ffrainc? Trychineb 'y mywyd i ydy imi fethu mynd yn feddyg, ond diolch i Dduw fod Alwyn wedi cymryd fy lle i ...

18. Cymodi

Roedd y garreg fedd yn rhyfedd o lân, a'r llythrennau heb golli'u min:

Treasa Aine Davies
1900 – 47
RIP
hefyd ei phriod
Joseff Davies
1897 – 1962
Hedd, perffaith hedd

Teimlais fy mrest yn tynhau, ond roedd y Warfarin i fod i ofalu am yr hen bwmp bellach. Beth oedd yn ei gorddi i gyd rŵan, tybed? Llond lle o euogrwydd, oedd. Y creadur wedi gorfod dal i weithio er mwyn cynnal ei fab mewn coleg pan oedd hwnnw'n optio allan o hyd. Euogrwydd hefyd am ildio i uchelgais afiach, dirprwyol fy 'nhad. Trueni drosto, er hynny, yn ei briodas anodd, a'i holl fryd ar gael ei fab i lwyddo – ond i lwyddo lle roedd o wedi bod eisiau llwyddo.

Ond roedd gen i gynddaredd tuag ato yn ogystal. Ei fod wedi gyrru'i fab, ei unig blentyn, i dreulio blynyddoedd helbulus, trafferthus, maith yn … fel y dwedai o, yn astudio pynciau oedd yn atgas ganddo, fel anatomi cyrff wedi'u piclo, rhythu i lawr microsgop ar facteria oedd mor anodd eu gweld, stwffio'r cof efo miloedd ar filoedd o ffeithiau sych, gwrthrychol oedd wedi dwyn unrhyw le fedrai fod ar ôl i'r dychymyg ac i gysyniadau athronyddol a diwinyddol. Fy nhroi'n awtomaton. Un na fedrai anghofio lle roedd rhyw nerf neu wythïen bwysig wrth iddo archwilio archoll neu agor corff byw. Awtomaton fedrai adrodd yr holl leoedd lle y byddai tiwmor canser yn gallu ymledu … Dysgu i mi bwytho fel gwniadwraig. A'm gosod ar wahân i'r rhelyw o bobl oherwydd y parch at feddygaeth a'r rhin hud a lledrith, bron, oedd yn gysylltiedig â'r swydd. Teimlais fel cicio'r garreg. Ond gwasgais fy mysedd ynghyd yn galed yng nghledrau 'nhwylo, a brathu 'ngwefus nes tynnu gwaed.

Mynnais atgoffa fy hun am y cyfle roddodd meddygaeth i fod yn agos at y ddynoliaeth yn ei thrueni a medru cynnig cymorth. Mynnais gofio'n ddiolchgar am y feddygaeth achubodd fy mywyd yn ddiweddar, ac a gynhaliodd Mam yn ei chystudd.

Cofiais faint o ing gafodd 'nhad wrth iddo fynd o ardal wledig yn Arfon i ffosydd dieflig Fflandrys, a'r holl ddioddefaint a welodd o. Doedd dim syndod iddo fynd i addoli meddygaeth, a bod eisiau mynd yn feddyg ei hun.

Trueni ar y diawl na fuasai'r gratiwiti hwnnw wedi bod yn ddigon iddo fo fod wedi medru gwireddu'i freuddwyd yn ei berson ei hun, yn lle …

Petai o wedi bod yn hen ddiawl cas, mae'n debyg y buaswn wedi medru deud wrtho fo am fynd i'r diawl … rhoi ei fys lle roddodd Moses ei fawd. Neu adael cartref. Cael astudio Ffrangeg fel roeddwn i eisiau, a'r athro'n crefu arna i i wneud.

Diolch yn bennaf un am gael cyfarfod Elin, er mai un o Gymru yw hi, ond go brin y buasen ni wedi cyfarfod fel arall.

Erbyn hyn roedd hi'n rhy hwyr. Nid oedd unrhyw ddewis ond derbyn ffawd, mae'n debyg. Roeddwn wedi cael bywyd hapus iawn efo 'ngwraig a 'mhlant. A beth fuasai fy hanes fel arall …

Llyncais yn galed, camais yn ôl a rhythais ar yr arysgrifen eto. Beth fedrwn ei wneud bellach? Dweud gweddi? Penlinio? Wfftio'r lle a brasgamu ymaith? Rywsut, rywfodd mi deimlais ryw ysfa'n ymaflyd ynof, a chymerais gam ymlaen, plygais a rhois gusan i enw fy 'nhad marw, ac yna i enw fy mam. Roedd dagrau'n gwlychu'r llechen oer.

NEATH PORT TALBOT LIBRARY
AND INFORMATION SERVICES

1		25		49		73	
2		26		50		74	
3		27		51		75	
4		28		52		76	
5		29		53		77	
6		30		54		78	
7		31		55		79	
8		32		56		80	
9		33		57		81	
10		34		58		82	
11	9/15	35		59		83	
12		36		60		84	
13		37		61		85	
14		38		62		86	
15		39		63		87	
16		40		64		88	
17		41		65		89	
18		42		66		90	
19		43		67		91	
20		44		68		92	
21		45		69		COMMUNITY SERVICES	
22		46		70			
23		47		71		NPT/111	
24		48		72			